Die Stadthexe und die Flut

Historischer Roman

von Armin Kirstein

Prolog - Dienstag, 15. November 1318

Schreiend kam Agnes auf die Welt. Ihre kleinen Händchen ballten sich energisch zu Fäustchen. Mit aller ihr zur Verfügung stehenden Macht brüllte sie ihren Lebenswillen in die verrauchte Luft des Bordells. Geboren in einem Haus der körperlichen Triebe, umgeben von ungezählten Gelüsten, wurde sie voller Liebe von den Frauen des Hauses empfangen. Sie hießen sie in ihrem Kreis willkommen, wuschen sie vorsichtig und legten sie endlich in die Arme ihrer Mutter. Dort wurde sie zärtlich gehalten. Ein Kinderlied wurde gesummt und die kleine Agnes schlief ruhig ein, während mehr und mehr Blut aus ihrer Mutter floss. Die Stadt Meyborg gewann und verlor eine Bewohnerin zur selben Stunde.

In einem Dorf, einige Tagesreisen weiter südlich, wurde am gleichen Tag, fast zur gleichen Zeit, der Sohn des Dorfältesten auf die Welt gebracht. Im Gegensatz zu seiner Mutter schrie er nicht. Nach drei kräftigen Schlägen auf sein kleines Hinterteil gab die Hebamme auf. Das Kind atmete flach, das musste genügen. Blass und schmächtig war er, wurde notdürftig mit Grasbüscheln abgewischt und hastig an die Brust der Mutter gelegt. Alle hofften, dass ihre Schreie damit enden würden. Doch das funktionierte nicht. Sie stieß das junge Bündel von sich und schrie die ganze Nacht lang, bis sie zur heimlichen Erleichterung aller in den frühen Morgenstunden mit einem letzten Seufzer starb. Der kleine Wentzel weinte nicht. Er ballte seine Fäustchen und verschlief das Ableben seiner Mutter.

So begannen das Mädchen und der Junge schlafend ihr Leben, während die Mütter aus demselben schieden. Eine still, die andere schreiend.

Teil 1

Die Flut

1 - Sonntag, 15. Juli 1342

Die Sonne brannte auf die Stadt nieder. Agnes hoffte auf Kühle und Regen, doch Petrus hatte entschieden, sie noch länger mit dem heißen Sommer zu plagen. Sie war zu einem Spaziergang durch die Stadt aufgebrochen, der Morgen des Sonntags war die ideale Zeit dafür. Aus dem Schatten einer kleinen Gasse heraus beobachtete sie den Kirchplatz. Dort stand ein Bettelmönch auf einer kleinen Mauer und rang mit seiner Predigt um die Aufmerksamkeit der Leute, die nach beendeter Messe aus der Kirche strömten.

Agnes kannte solche geistlichen Wanderer. Sie zogen von Ort zu Ort, bettelten, predigten und versuchten, von der Mildtätigkeit der Leute zu leben. Waren ihre Reden auf der Straße gut oder zumindest unterhaltsam, konnten sie auf eine Mahlzeit und mit viel Glück auf einen Schlafplatz hoffen. Die meisten waren für die strengen Regeln des Klosterlebens nicht geschaffen. Sie wurden zu heruntergekommenen Gestalten, die in ihren groben wollenen Kutten so schlimm aussahen, wie sie rochen. Dieser Prediger schien anders zu sein.

Sie zog das gelbe Wolltuch um ihre Schultern zurecht. Wie alle Hübschlerinnen hatte sie das Tuch zu tragen, so sah es die Gewandungsordnung in Meyborg vor, um sie von den sittsamen Bürgerinnen zu unterscheiden. Diese mussten sich nicht so streng an Kleiderordnungen halten, da drückte die Obrigkeit gerne ein Auge zu. Agnes konnte sich das nicht erlauben, nicht einmal bei warmem Wetter. Es war anstrengend, zum Tuch noch das Gebinde um Stirn und Kinn zu tragen, aber da es keiner Bürgerin eingefallen wäre, ohne eine solche Kopfbedeckung auf die Straße zu gehen, war es auch für Agnes notwendig.

Der Prediger hob seine Stimme. Das musste sie ihm lassen, er war gut. Kein Trinker, kein heruntergekommener Fettsack. Ganz im Gegenteil, er war hager, sein dünnes Haar hing lang in den Nacken hinab. Von der Gasse aus konnte sie seine auffallend hellen Augen sehen. Er predigte gegen die fleischlichen Sünden, hob die dünnen Arme gen Himmel und unterstrich seine Worte mit weitausholenden Gesten. Es ging weniger um das, was er sagte - das war nichts Außergewöhnliches im Vergleich zu anderen. Es war vielmehr die Art und Weise, auf die er es ausdrückte. Seine Zuhörer waren begeistert. Trotz der heißen Sonne blieben immer mehr Menschen stehen, um dem hageren Prediger zu lauschen. Als Agnes sich nach einer kurzen Weile abwenden wollte, sagte er etwas, das sie aufhorchen ließ. Er wetterte gegen die käuflichen Sünden und davon, dass es seine persönliche Aufgabe sei, sie auszumerzen. Agnes war froh, weit genug vom Kirchplatz entfernt zu sein. Das gelbe Tuch hätte sie zum Ziel seiner Aufmerksamkeit gemacht.

„Nicht am Tag des Herrn, nicht in dieser gottesfürchtigen Stadt“, schrie er. Mehr noch als dieser Aufruf erschreckte sie die Reaktion der Umstehenden. Sie hörte zustimmende Rufe, die den Prediger weiter anstachelten. Eine ganze Traube an Menschen versammelte sich vor ihm. Der Erfolg seiner Predigt ließ ihn immer lauter und dramatischer werden.

Agnes wandte sich an einen Jungen, der im Schatten der Gasse hockte. „Weißt du, wo das Frauenhaus ist? Die Rote Blume?“

„‘Türlich“, erwiderte er und rappelte sich auf. „Da leben die ...“ Der Kleine betrachtete Agnes. Erschrocken wich ihm sein Grinsen aus dem Gesicht, als sein Blick auf ihr gelbes Tuch fiel. „...solche Frauen.“

„Hör gut zu, ich geb‘ dir einen Pfennig, wenn du schnell zum Frauenhaus läufst. Sag Meister Hermann, dass an diesem Sonntag manche Türen besser geschlossen sein sollten."

Die kleine Hand schloss sich um die gereichte Münze. Agnes umgriff seine Hand und senkte ihre Stimme drohend: „Wenn du das nicht machst, gehe ich zu deinem Vater und erzähl ihm, dass du den Pfarrer Veltin ein gottloses Pfaffenschwein genannt hast."

An seinem Gesicht konnte sie ablesen, dass er durchaus darüber nachdachte, was sein Vater mit ihm anstellen würde. Die Münze und die Drohung ließen ihn davonrennen. Agnes wandte sich erneut dem Prediger zu, dessen weitausholende Gesten und fanatischer Blick die Menge immer mehr begeisterten. Eine der Frauen deutete aufgebracht in die Richtung des Viertels, in dem das Frauenhaus lag. Der Prediger blickte länger dorthin, sprang von seinem Sockel und ging zielstrebig in die gewiesene Richtung. Die Umstehenden liefen ihm zögerlich nach. Agnes schloss sich der Menge mit Abstand an, sorgsam darauf bedacht, unentdeckt zu bleiben.

Die Menschenmenge bewegte sich weiter durch die Straßen. Soweit Agnes sehen konnte, hatten sich weitere Neugierige angeschlossen, darunter ein Stadtrat. Zu erkennen war er an seiner aufwendigen und farbenfrohen Kleidung und an den zwei Stadtwachen, die sich ihm angeschlossen hatten. Mit von der Sonne erhitzten Köpfen trotteten ihm die Leute nach. Ein ums andere Mal musste er seinen zügigen Gang drosseln, um auf sie zu warten. Nach einer Weile erreichte der Tross das Frauenhaus und Agnes verspürte Erleichterung, als sie geschlossene Fensterläden erspähen konnte.

Wieder warf der Bettelmönch seine dünnen Arme gen Himmel und beschwor sämtliche Heiligen, diesen Pfuhl der Sünde mit Pech und Schwefel zu strafen. Die Fleischlichkeit sei die Geißel des frommen Mannes und so weiter. Agnes hatte ihre eigene Meinung zu Männern, die sich nach außen als allzu keusch verkauften. In der Regel waren das diejenigen, die mit einer farbenfrohen Palette an Sünden aufwarten konnten. Jetzt hämmerte er mit Fäusten gegen einen der Fensterläden und rief: „Im Namen Jesu, öffnet den braven Bürgern, ihr Huren Babylons."

Das Ratsmitglied löste sich aus der Menge und trat nun nach vorne. Es war Stadtrat Hanson, eine der wichtigsten Personen in Meyborg. Neben ihm war sein Sohn, ein unscheinbarer Mann von etwa achtzehn Jahren. Hinter ihnen standen die beiden Stadtwachen, bewaffnet mit einem Spieß und weithin erkennbar an dem Überwurf in den Farben der Stadt. Wahrscheinlich wünschten die beiden sich, genau wie Agnes, weniger Kleidung zu tragen, um die heißen Tage besser erdulden zu können.

„Das reicht“, sagte Hanson mit einer beeindruckend lauten Stimme. Die Wachen traten zu dem Mönch und drängten ihn vom Haus weg in die Menge hinein.

„Wir wollen doch alle nicht vergessen, dass Recht und Gesetz in dieser Stadt herrschen. Wird jemand angeklagt?“

Agnes verstand nicht genau, was aus der Menge gerufen wurde, aber es gehörte nicht viel Fantasie dazu, sich zu denken, was an Vorwürfen erhoben wurde.

‚Elende Heuchler‘, murrte sie innerlich. ‚Und morgen kommt ihr, um mir in aller Geilheit auf den blanken Hintern zu hauen, weil ihr glaubt, dass es mir gefällt.‘

Hermann, der Vorsteher des Frauenhauses, trat vor die Tür, einen Eimer in der einen und einen Besen in der anderen Hand tragend. „Was geht hier vor sich?“, rief er überrascht aus.

„Meister Hermann“, ergriff Hanson das Wort. „Diese braven Bürger bezichtigen dich, am Tage des Herrn Unzucht zu befördern.“

„Am Tag des Herrn? Unzucht?"

Mühsam unterdrückte Agnes ein Kichern. Sie wusste gar nicht, was für ein guter Schauspieler Hermann war.

„Ich bitte dich", sagte Hanson. „Lass mich einen Blick in deine Schänke werfen, dann können wir sicher allesamt beruhigt nach Hause gehen."

Hermann vollführte eine einladende Geste in Richtung Tür. Hanson nickte einer der Wachen zu, die ihn in das Haus begleitete. Eine Gestalt in schwarzer Robe drängte sich nach vorne und schickte sich an, ebenfalls einzutreten. Hanson versperrte ihm mit einem Arm den Weg. „Das ist Sache der Stadt, nicht der Kirche". Der Abgewiesene drehte sich um. Seinen Ärger verbarg er gut und stellte sich stattdessen gewichtig vor den Eingang.

Nach einer Weile kam Stadtrat Hanson wieder vor die Tür. Er blickte einen kurzen Moment in die Runde und rief aus: „Alles in bester Ordnung. Von Unzucht keine Spur". Vereinzelt war Belustigung in der Menge zu hören. „Macht euch auf den Heimweg, ihr guten Meyborger. Hier gibt es nichts zu sehen."

Die beiden Wachen gestikulierten und trieben die Leute mit kurzen Rufen auseinander. Der zuvor so aufgebrachte Bettelmönch machte keine weiteren Anstalten und ging wie die anderen seiner Wege. Zwei Häuser weiter stand Stadtrat Hanson im Schatten. Eine kleine Menschentraube versammelte sich vor ihm, die Übrigen gingen ihrer Wege. Agnes ging zum Eingang des Frauenhauses.

„Gut gemacht", begrüßte sie Hermann in der Tür und legte ihr einen Arm um die Schultern. „Der Bursche hat uns grad noch warnen können, bevor sie Zunftmeister Giselbrecht unter Rebecca gefunden hätten. Er hat das Haus durch den Garten verlassen, so schnell er konnte."

Drei weitere Frauen kamen hinzu, eine von ihnen lediglich mit einem Tuch umwickelt. „Käthe und ich haben uns in die Betten gelegt und uns schlafend gestellt. Hermann hat die Türen aufgemacht. Es hat dem Herrn Stadtrat sicher gefallen, Käthes nackten Hintern in aller Pracht zu sehen", kicherte eine der Frauen.

Die jüngste der Frauen machte einen Schmollmund. „Wäre es denn wirklich so schlimm, wenn mein Besuch geblieben wäre?"

„Du dämliche Gans“, herrschte Hermann sie an. „Du hast dir an einem Sonntag einen Freier ins Bett geholt. Das ist schon dumm genug. Aber auch noch frech werden, das ist wirklich die Krönung. Ist dir nicht klar, wie sehr du uns in Gefahr gebracht hast? Ein Wink vom Stadtrat und wir wohnen alle vor den Toren. Du kannst froh sein, dass ich dich nicht mit dem Riemen…“ Er schnaubte und wandte sich ab.

Sein Tonfall brachte die Frauen zum Schweigen. Hermann, unter ihnen als gutmütige Seele bekannt, offenbarte eine andere Seite, wenn es die Situation erforderte. Das Haus war nicht nur ihr Zuhause, es war auch bei den Meyborgern beliebt. Alle benahmen sich und folgten den Anweisungen. Dadurch war es in der Roten Blume sauber und ruhig.

„Wir können froh sein, dass uns die meisten Honorigen der Stadt regelmäßig besuchen und uns ansonsten in Ruhe leben lassen“, wendete sich Agnes an Rebecca. „Ohne deren Unterstützung wären wir nur irgendein dreckiges Hurenhaus. Du musst dich wirklich an ein paar Regeln halten, sonst geht es uns irgendwann ans Leder.“

„Meine Lieben“, erklang eine weibliche Stimme hinter ihnen. „Die Kaninchen im Topf essen sich nicht von allein. Holt euch eine Schale und dann ist Schluss mit Trübsal."

2 - Sonntag, 15. Juli 1342

„Platz da vorne“, rief eine der Wachen. Einige Frauen gingen eilig zur Seite, obgleich genug Raum gewesen wäre, ohne Weiteres vorbei zu kommen. Gero von Asseburg ritt mit zwei Begleitern und seinem Schreiber auf der Straße. Die Wachen wussten, dass er es mochte, wenn seine Anwesenheit weithin angekündigt wurde. Sich an Sonntagen zu zeigen, gehörte zu den Ritualen, die er gerne pflegte.

Am Tor angekommen, traten die dortigen Wachen geflissentlich zur Seite. Es war nicht ratsam, sich ihm in den Weg zu stellen. Nach Papieren und Absicht zu fragen, war in diesem Fall nicht notwendig und ebenso wenig klug. Gero von Asseburg war der Lehnsherr der Meyborg und bevor die Stadt vom Kaiser das Stadtrecht verliehen bekommen hatte, war er ebenso Lehnsherr der gesamten Stadt gewesen. Nun wurde sie durch den Rat regiert und hatte nur Kaiser Ludwig über sich. Geblieben war Gero die Meyborg, ein einzelner Turm mit Wassergraben und ein paar Stallungen. Dazu gehörten einige Ländereien direkt um die Stadt, die zu den Besitzungen des Bistums Münster zählten. Als

Propst von Leer verwaltete er eine hübsche Menge an Land, nur war der Verlust der Stadt nicht nur finanziell schmerzhaft gewesen. Die Meyborg war damit nur noch der Namensgeber der Stadt und nicht mehr als eine Unterkunft, die er stets offen halten musste, sollten Gesandte des Bischofs von Münster in diese Gegend reisen und eine Schlafstatt benötigen. Der Bischof, Ludwig Landgraf von Hessen, befand sich in ständigem Konflikt mit den Friesen. Es kam mehrmals im Jahr vor, dass mit politischen Aufgaben betraute Herren in den Norden reisen mussten. Daher war die Meyborg stets offen zu halten.

Um dieser Aufgabe gerecht zu werden, musste einiges an Geld aufgebracht werden. Dafür waren die wenigen umliegenden Ländereien nur knapp ausreichend. Früher hatte Gero von Asseburg in der Stadt Steuern eintreiben können, aber jetzt fiel dieses Recht ausschließlich Kaiser Ludwig zu.

Gero ritt in die Stadt ein. Als Propst musste er keine Gottesdienste abhalten, dafür gab es andere Geistliche. Unwillig zerrte er an den Zügeln seines Pferdes. Seine Füße schmerzten und das machte ihn zusammen mit der Hitze launisch und reizbar.

Nach einer Weile zog ein Tross an Leuten an ihm vorbei. An der Spitze stapfte ein hagerer Mönch mit schnellen Schritten voran. Neugierig folgte Gero der Gruppe, die kurze Zeit später vor dem Hurenhaus hielt. Er stieg vom Pferd und trat zu Stadtrat Hanson. Gero mochte den gesamten Rat nicht, sie hatten ihn nie als einen der ihren behandelt. Obwohl er als Propst mit einem gewissen Maß an Respekt angesprochen wurde, ließen sie ihn seinen Autoritätsverlust spüren. Das war ärgerlich und er wünschte sich, mehr Einfluss gewinnen zu können. Daher nahm er jede sich bietende Gelegenheit wahr, sich zu zeigen und dafür zu sorgen, nicht vergessen zu werden. Als der Rat der Stadt gegründet wurde, geschah das ohne Gero. Auch wenn er sich bemüht hatte, berücksichtigt zu werden, wollte Meyborg sich damals vom Einfluss der Kirche befreien. Die Stadt hatte lange Zeit an das Bistum Münster zahlen müssen und war endlich unabhängig. Lieber zahlte sie an den Kaiser als an die nimmersatte Kirche.

Offensichtlich tat diese Selbstbestimmung der Stadt gut. Der Handel blühte auf und etliche Bauten zeugten von dem neu erwachten Stolz der Städter. Die Stadtmauer wurde verbessert und viele neue Gesetze sorgten dafür, dass fremde Händler zuverlässig davon profitierten, ihre Waren in Meyborg feilzubieten. Vor wenigen Jahren begnügte sich Gero mit den Einnahmen aus der Stadt. Zum großen Teil leitete er sie an die Kirche weiter. Dies tat er in der Hoffnung, in der kirchlichen Hierarchie aufzusteigen. Nun wurden Teile der Steuern für die Infrastruktur der Stadt genutzt. Das trug sichtbar zum Selbstbewusstsein der Städter bei und ließ sie nicht vergessen, wie wenig sich Gero um die Belange Meyborgs gekümmert hatte.

Stadtrat Hanson ging auf die Tür zu. Gero schickte sich an, ihm zu folgen, wurde aber knapp zurückgewiesen.

Er stutzte, setzte eine stolze Miene auf und stellte sich bewachend vor den Eingang. Es war unschwer zu erkennen, dass er fehl am Platz war, denn die andere Stadtwache hatte sich bereits dort aufgestellt. Nach einer kleinen Weile kam Hanson wieder heraus und ließ die Menge vertreiben. Es läge nichts vor und man solle sich verstreuen. Danach schickte er sich an, zu gehen.

„Ratsherr Hanson“, begrüßte Gero ihn und versuchte, freundlich zu lächeln, obgleich er noch immer den Stachel der Zurückweisung in sich spürte.

Der Angesprochene nickte ruhig und förmlich. „Herr von Asseburg, Ihr macht einen kleinen Ausritt? Mit Eurem Schreiber?“ Er wandte sich ab und schritt auf die gegenüberliegende Straßenseite zu, um der Sonne zu entgehen.

Gero blieb an seiner Seite. „Aber ja. Wie ich sehe, gibt es ja immer etwas zu tun. Müssen wir uns Sorgen machen?"

Hanson zuckte mit den Schultern. „Das war kein wirkliches Problem. Die Hitze ist den guten Leuten nur etwas zu Kopf gestiegen. Bald wird es hoffentlich regnen, dann kühlen wir uns alles ab." Nach einer kleinen Pause fügte er hinzu: „Nichts, womit die Stadt nicht zurechtkommt."

Gero lächelte über die Spitze hinweg, als ob er sie nicht wahrgenommen hätte. „Man macht sich halt Sorgen." „Das ehrt Euch, unfraglich. Doch ich bin mir sicher, dass die umliegenden Bauern genug Probleme haben, bei denen sie Eurer Hilfe bedürfen." Hansons Lächeln war kalt.

„Die Bauern werden immer Probleme haben und darüber jammern", knurrte Gero. „Ich bin sicher, dass der Rat die weltlichen Dinge souverän regeln wird. Es sind mehr die geistlichen Probleme, die mir Gedanken machen."

Damit schien er die Aufmerksamkeit Hansons geweckt zu haben. Als von Asseburg den fragenden

Blick sah, fuhr er fort: „Wusstet Ihr, dass die Städter über eine Hexe flüstern?“

„Eine Hexe?“ stieß Hanson aus. „Was redet Ihr da?“

Selbst der Schreiber sah seinen Herren erstaunt an. Gero fuhr unbeirrt fort: „Das ist nichts, worüber ich scherzen würde. Es gibt Gerüchte. Ernsthafte Gerüchte.“ Mit einer ausholenden Geste wies er um sich. „Irgendwo in dieser gottesfürchtigen Stadt hockt eine Hexe. Und natürlich redet niemand laut darüber, schon gar nicht die armen Seelen, die heimlich Rat bei einer solchen Stadthexe suchen.“

„Eine Stadthexe? Blödsinn. Das ist unsinniger Aberglaube. Ihr gebt doch nichts auf irgendwelche Gerüchte?“

„Hexerei und Ketzerei sind das Problem der Kirche und fallen somit unter meine Zuständigkeit. Ihr werdet also in diesem Fall meiner Hilfe bedürfen.“

„Herr von Asseburg.“ Hanson rieb sich die Stirn. „Was auch immer Ihr glaubt, gehört zu haben, für heute habe ich genug von Gerüchten und Anschuldigungen. Einen schönen Tag wünsche ich.“ Er wandte sich abrupt ab und ging mit seinem Sohn fort.

Gero stand mit geballten Fäusten da und herrschte seinen Schreiber an: „Mein Pferd, sofort. Wir reiten zurück.“

„Mein Herr, ich bin überrascht“, sprach der Schreiber Gero an, als das Stadttor in ihrem Rücken lag. „Ich habe keinerlei Unterlagen über eine Hexe, da müsste es doch …“

„Unfug“, unterbrach ihn Gero. „Wenn da keine sind, fertigst du eben welche an. Das ist genau das, was wir brauchen. Solch ein Schreckgespenst bedarf des kirchlichen Beistands. Meines Beistands. Das ist der Weg in den Rat, in dem mir seit Anbeginn ein Platz zugestanden hätte.“

Eine Weile ritten sie schweigend weiter. Gero überlegte hin und her. Sicher, es hatte nur das übliche und in der Regel vollkommen haltlose Gerede über Hexerei und Magie gegeben. Die abergläubischen Bauern faselten immer etwas darüber, welche höheren Mächte im Spiel seien, wenn das Wetter nicht ideal war oder die Ernte aus anderen Gründen karg ausfiel. Aber die Erwähnung einer Hexe innerhalb der Stadtmauern hatte nun mal für eine starke Reaktion gesorgt. Eine Stadthexe, und er, Gero von Asseburg, konnte sie überführen.

„Ich möchte darauf hinweisen, dass am nächsten Sonntag zu St. Magdalenen eine Delegation des Bischofs bei uns zu Gast sein wird“, merkte der Schreiber vorsichtig an.

„Da wäre es umso besser, wenn wir bis dahin eine Hexe gefunden haben, nicht wahr? Unseren geliebten Bischof Ludwig würde es gewiss etwas milder stimmen und er wird uns mit seiner Unterstützung segnen.“

3 - Montag, 16. Juli 1342

Der Marktplatz wurde an diesem Morgen eingezäunt. Fleißige Hände stellten Sperren auf, die untereinander mit Stangen und Seilen verbunden waren. Erste Karren waren auf dem jährlichen, großen Markt eingetroffen und wurden mit Rufen und Befehlen hin und her gescheucht. Wie jedes Jahr gab es Gerangel um die besseren Plätze und die Helfer des Marktaufsehers hatten alle Hände voll zu tun, um Ordnung zu schaffen.

Magdalena von Worms ging mit einem bedeckten Weidenkorb um dieses Treiben herum. Sie erhoffte sich, einen der Herren vom Stadtrat vor dem Rathaus abfangen zu können. Sie hatte sich in der letzten Woche mehrfach um ein Gespräch bemüht, war aber immer wieder vertröstet oder abgewiesen worden. Sie war die Stiftsvorsteherin der Beginen. Ein Haus von Laienschwestern, Frauen, die das Leben von Nonnen führten, aber nicht den kirchlichen Regeln unterlagen. Die Beginen hatten ihr Stift durch die Wohltätigkeit mehrerer Kaufleute vor etlichen Jahren in der Stadt gegründet. Ein wohlmeinender Erbe hatte ihnen ein größeres Haus mit Garten und Stallungen vermacht und Magdalena war zur Leitung dieses Beginenhofes in Meyborg berufen worden. Magdalena nahm diese Aufgabe dankbar an und kümmerte sich seitdem um viele Belange. Soweit es ihr möglich war, pflegten sie und ihre Schwestern alte Menschen, verwitwete Frauen und Waisenkinder. Sofern es nicht den Gesetzen widersprach, umsorgten sie auch Kranke. An Laienschwestern mangelte es nicht. Frauen kamen aus allen möglichen Lebensumständen zu ihnen und unterwarfen sich den Regeln der Beginen. Dies bedeutete, ein Leben in Keuschheit und Armut zu führen. Obgleich sie nicht der Kirche angehörten, führten sie ein Dasein wie Nonnen. Manchmal waren es früh verwitwete Frauen, die damit eine sichere Existenz haben konnten, oder es waren tief religiöse Menschen, die sich aus allerlei Gründen kein normales Leben als Ehefrau vorstellen mochten. Unter Magdalenas Leitung blühte der Beginenhof auf. In der Stadt gab es zwei Kirchen, in denen jeweils ein einzelner Pfarrer arbeitete. Beide Kirchen hatten genug Besucher und waren mit den üblichen Aufgaben wie Trauungen, Taufen und den Sterbesakramenten ausreichend beschäftigt. Damit waren die Beginen keine Konkurrenz für den Klerus.

Der allzu nasse Frühling und die jetzige Dürre brachten viele Bauern der Umgebung in Schwierigkeiten. Die Zahl der Aussätzigen stieg und auch, wenn das nicht unmittelbar in ihre Zuständigkeit fiel, fühlte sich Magdalena dafür verantwortlich. Sie hatte den Rat um Hilfe ersuchen wollen oder zumindest erhofft, etwas mehr unterstützt zu werden, doch man hörte sie einfach nicht mehr an. So lief sie mit dem leeren Korb um den Marktplatz herum, in der Hoffnung, einen der Stadträte abfangen zu können. Sie hatte Glück, es strebte ein Mann in der aufwendigen Kleidung eines Honorigen auf das Rathaus zu. Sie beschleunigte ihre Schritte und trat ihm ein wenig atemlos in den Weg. „Ratsherr Konradin“, sagte sie. „Wie schön, Euch zu treffen.“

Der Angesprochene kam zum Stehen. „Frau von Worms“, erwiderte er. „Ich grüße Euch.“

Dabei bemühte er sich, an ihr vorbeizugehen, doch sie trat ihm in den Weg. „Auf ein kurzes Wort, wenn ich bitten darf.“

Sein Gesicht bemühte sich um Höflichkeit, aber der Unwille zu diesem Gespräch war deutlich zu erkennen.

„Ich sehe, Ihr habt es eilig“, fuhr sie fort. „Ich werde Euch keiner großen Zeit berauben, dennoch, ich brauche Euer Gehör.“

Seufzend stellte er seine Bemühungen ein und forderte sie mit einer Handgeste zum Sprechen auf.

„Mir wurde kein Gespräch bewilligt, daher dieser Überfall. Ich muss den Rat um Hilfe bitten."

„Eure Hartnäckigkeit ist bekannt und gefürchtet. Worum geht es diesmal?"

„Wie immer geht es um die Notleidenden. Wir können gerade so für die Menschen in der Stadt sorgen. Jedoch außerhalb …"

„Außerhalb?", echote er. „Das ist nicht Euer Belang und auch nicht Sache der Stadt."

„Das kann man so oder so sehen. Nennt es das Gebot der Nächstenliebe. Wenn so viel Not herrscht wie in diesem Jahr und es immer drängender wird, dann ist jeder Christ berufen, zu helfen."

„Wir alle wissen Eure Arbeit wirklich zu schätzen", erwiderte er besänftigend. „Eure Schwestern und Ihr geben der Stadt sehr viel."

„Ich danke Euch auch sehr für das Wohlwollen." Magdalena suchte den Augenkontakt, um ihre nächsten Worte zu unterstreichen. „Es ist nur so, dass die starke Hitze die Felder verbrennt. Der Frühling war anstrengend und nun will nichts so recht wachsen. Das wenige, was geerntet wird, muss unbedingt verkauft werden. Ich weiß, das wäre alles die Aufgabe des Bistums, das sind deren Ländereien. Aber die Bauern müssen ihre Waren verkaufen können. Wäre es denn nicht ausnahmsweise dieses Jahr möglich, sie auf unseren Markt zu lassen?“

Konradin überlegte eine Weile. „Ich befürchte, dass es dafür zu spät ist. Bis alle ihre Zustimmung gegeben haben, ist der Markt vorbei. Man müsste eine eigene Fläche einrichten und viel mehr kontrollieren. Damit wären unsere Händler sicher nicht einverstanden.“ Er hob resignierend die Hände. „Auch wenn Euer Vorschlag vernünftig und mindestens christlich mitfühlend ist, würde er bei vielen Leuten auf Unwillen stoßen. Ich befürchte, daraus wird nichts.“

„Aber könnte man nicht zumindest …“, wollte sie einwerfen, doch wurde sie unterbrochen.

„Bedaure, daraus wird nichts“, erwiderte er und schob sich endgültig an ihr vorbei. „Bringt diesen Vorschlag doch nächstes Jahr vor. Etwas zeitiger, wenn möglich.“ Damit ließ er sie stehen.

Sie hatte es zumindest versucht. Konradin hatte zudem nicht ganz Unrecht, die Bauern verkauften ihre Waren vor den Toren, Bürger in der Stadt verarbeiteten sie weiter oder verluden sie zum Handel in andere Regionen. Selbst, wenn die Bauern etwas mehr verkaufen könnten, rettete es ihre Ernte nicht. Dann bliebe ihr nur, um baldigen Regen zu beten. Seufzend machte sich Magdalena auf den Weg zurück in ihren Stift.

4 - Montag, 16. Juli 1342

Die Nacht hatte er in einer abgelegenen Gasse geschlafen. Angelehnt an ein paar Bretter, unbequem aber zumindest ruhig. So waren es nur wenige Stunden der Erholung gewesen. Überfallen zu werden, davor hatte Wentzel keine Angst, wer würde schon einen bettelarmen Kirchenmann ausrauben?

Mit dem Sonnenaufgang stand er auf, verrichtete seine Notdurft an einem nahen Busch und begab sich zu einem Brunnen am Marktplatz, um sich gründlich zu waschen. Sauberkeit war für ihn ebenso wichtig wie ein genügsames Leben. Wenn ihm jemand starken Alkohol, reichlich Essen oder gar Sünden anbot, genügte es in der Regel, freundlich und knapp abzulehnen. Drängte man ihm Verführungen auf, konnte er sehr energisch werden. Er hatte durchaus Verständnis für manche menschliche Schwäche, aber Völlerei und Ausschweifungen mussten ihre Grenzen haben. Natürlich konnte nicht jeder Mensch in Armut leben, doch es gab Regeln, an die man sich zu halten hatte. Regeln ohne Verhandlungsbasis. Einiges war klar und deutlich vorgegeben. Von Gott, gegeben an die Menschen auf Erden, überliefert durch die Bibel.

Die Menschen mussten diese Regeln lernen. Als junger, einfacher Mensch waren Fehler verzeihlich. Dafür gab es Männer Gottes - Männer wie ihn, die die heilige Schrift gelesen hatten. Wentzel war in einem Kloster aufgewachsen. Über seine Herkunft wusste er kaum etwas. Auf eine Nachfrage hatte er schroffe und knappe Antworten bekommen. Sein Dorf sei überfallen, sein Vater und viele andere erschlagen worden. Er sei als junges Kind in einem Kloster abgegeben worden, und er habe auf ewig dankbar zu sein, so viel Barmherzigkeit zu erfahren. Diese Barmherzigkeit erfuhr er hauptsächlich in Form von Prügel. Jede Menge Schläge, für jeden Fehler, den er machte. Selbst an Tagen, an denen er sich erdenkliche Mühe gegeben hatte, wurde es nicht besser. Man konnte sich an körperliche Züchtigung gewöhnen. Zum Teil. Doch Wentzel hatte im Laufe der Zeit immer mehr bemerkt, dass sich bei manchen der Brüder Erregung zeigte, wenn sie ihn schlugen. Je älter er wurde, desto aufdringlicher hatten sie sich benommen. Und dann war der Abend gekommen, als die Forderungen zu grob gewesen waren. Zu viel, zu hart, und das stand in keinem Verhältnis mehr zu seinem Gefühl, etwas Falsches gemacht, die Prügel verdient zu haben.

Er lief davon. Weit davon. Und begann zu betteln. Arbeitete für einen Schlafplatz und wanderte durch die Lande. Bauern unterstützten ihn, da er freundlich und bescheiden war. Andere Klöster mied er. Zumindest in den ersten Jahren. Später störte es ihn nicht, auch bei kirchlichen Einrichtungen um Essen oder einen Schlafplatz zu bitten. Er war mit diesem Lebensstil nicht alleine. Viele andere Männer des Glaubens zogen durch die Lande. Ohne festen Wohnsitz, ohne konkretes Ziel. Eine anerkannte Form des Lebens. Manche von ihnen machten es sich zur Aufgabe, ihren Glauben zu verbreiten. Sie wanderten in entlegene Teile der Welt und predigten mehr oder weniger erfolgreich ihre Form von Gottes Wort. Andere liefen ohne Ziel und Grund durch die Gegend. Meist tranken sie und vermieden jede Form von Anstrengung. Es gab eine Gruppe von Männern wie ihn, die andere Menschen scheuten und in ihrer eigenen Art ein demütiges Leben führen wollten. So sah sich Wentzel selbst. Er war überzeugt davon, dass nur ein vom Ballast des Materiellen befreites Leben ihn näher an das geistige Ziel bringen könnte. Er betete inbrünstig und oft, wobei die rituellen Zeiten des Klosters für ihn keine Bedeutung mehr hatten. Nach seiner Flucht brach er mit vielen Regeln des Klosters. Für ihn waren sie menschengemacht und daher nicht sonderlich achtenswert. Die Gebete selbst blieben und wurden zu einer Form der Zwiesprache. Obwohl Gott ihm nicht direkt antwortete, wandte er sich innerlich wieder und wieder an ihn, seinen Gott - der hoch, unendlich hoch über allen weltlichen Dingen schwebte. Seine Sehnsucht nach einer Antwort trieb ihn immer weiter an, sich zu verbessern. Er war zu unwert. Unrein, nicht nah genug an dem Menschen, der er sein müsste, um Gottes Stimme zu empfangen. So begann er, in alltäglichen Dingen nach Zeichen zu suchen. Sonnenaufgänge, Gewitter oder Begegnungen mit anderen Menschen. Selbst das Wachstum der Bäume betrachtete er durch seine eigene Weltanschauung. Sein Verhalten, sein Einhalten der Regeln und die Kontrolle über seine Gedanken und Begierden stärkten seine Willenskraft. An Tagen der Nachlässigkeit, Trägheit und weltlichen Gedanken fühlte er sich schmutzig und unwert. Ihm war, als rückte die Hölle näher, als krieche ihm der Schwefel der Verdammnis in die Nase. Dagegen waren Tage, an denen er sich ganz dem himmlischen Gedanken hingab, voller Wonne. Seine Glückseligkeit kannte in solchen Momenten keine Grenzen, er war eins mit dem Universum. Seltene Tage, doch das war der Zustand, den er anstrebte. Was für ein Tag sich ihm heute darbieten würde, wusste er nicht. Noch nicht. Er gestattete sich die Zeit, seinen Körper in Ruhe zu waschen und vom Brunnenwasser zu trinken. Der

Anblick, der sich ihm im spiegelnden Wasser darbot, interessierte nicht. Das äußere Wesen musste sauber sein, sein Leib war sein Werkzeug, er musste funktionieren. Eitelkeit lehnte er ab, obgleich er wusste, dass zuerst seine äußere Form wahrgenommen wurde. Bei spontanen Predigten könnte ein ungepflegtes Erscheinungsbild die Zuhörer abstoßen. Allerdings lehnte er es ab, durch Mummenschanz zu blenden, wie es so viele Kirchenmänner taten. Glänzende Stoffe, leuchtende Farben und glitzernde Gegenstände waren für ihn deutliche Zeichen von Inhaltsleere. Wer das nötig hatte, konnte nicht durch Worte und Taten überzeugen.

Der Tag war noch jung. Er sah die ersten Mägde mit Eimern. Sie begannen ihre Arbeit morgens mit dem Besuch am Brunnen. Die Gelegenheit für Geplauder, Geschnatter, ganz wie eine Schar Gänse, die sich am Teich begegneten. Wentzel blieb höflich, lächelte verhalten und suchte sich nach seiner Reinigung einen Sitzplatz in der Nähe, um die ersten Strahlen der Sonne seinen Körper wärmen zu lassen. Seine Gedanken kreisten um seine nächste Mahlzeit. Er würde bei den Bäckern fürsprechen, sie um missratenes Brot bitten oder andere Waren, die sie zu geben bereit waren.

„Ich habe dich gestern sprechen hören.“ Eine Stimme holte ihn aus seinen Gedanken. Vor ihm stand eine dunkel gekleidete Gestalt. Gegen die Sonne konnte er das Gesicht nicht erkennen.

„So“, war seine wenig einfallsreiche Antwort. Eine etwas ungewöhnliche Anrede von einem Fremden, etwas zu persönlich.

„Das war gut. Du bist sehr überzeugend und mitreißend.“ Der Fremde trat neben ihn und Wentzel konnte eine unscheinbare Gestalt erkennen. Seine wenigen verbliebenen Haare trug er kurz geschoren und die wollene Kutte ließ auf einen bürgerlichen Stand schließen. „Wenn du gestattest?“

Er setzte sich ohne Aufforderung neben ihn. Eine kleine Weile schwieg er und Wentzel wusste nicht so recht, wohin der Moment führen würde. Der Fremde sprach weiter: „Du wanderst durch die Welt, erhebst deine Stimme, wo es dir nötig scheint?“ Nach einer kleinen Pause fügte er leiser hinzu: „Und niemand denkt heute noch daran, was du gestern gesagt hast?“

Das war ein Treffer. Wentzel wendete sich dem Mann zu. Auf den ersten Blick sah er das Gesicht eines Kanzleischreibers, ein Mensch, der täglich Dokumente kopierte und stets pünktlich zu den Mahlzeiten erschien. Die beginnende Halbglatze und die einfache wollene Kutte wirkten unscheinbar und banal. Doch der Blick, dem er begegnete, war hart, unnachgiebig. Das war jemand, der genau zuhörte und den man nicht mit Banalitäten abwimmeln konnte. Eine dunkle, dominante Aura umgab ihn.

Mit einem einzigen Satz traf er den wunden Punkt in Wentzels Leben. Zu predigen und gottgefällig zu sein, war das eine. Aber zu sehen, dass man nichts dauerhaft verändern konnte, das nichts, was man machte, wirklich Spuren hinterließ, war mehr als frustrierend. Oft genug hatte er die Menschen mit Worten beeindruckt, sie berührt und ihr Leben ein wenig geformt. Scheinbar. Viel mehr erwartete er nicht. Gottes Wort wirkte im Kleinen. Saat braucht ihre Zeit, um aufzugehen. Doch genau diese Menschen sah er am nächsten Tag, in der nächsten Woche genauso fressen und huren wie gehabt. Was immer er redete, ob es Drohungen waren oder das Versprechen der himmlischen Freuden, das alles hielt nur wenige Augenblicke. Was nützte sein frommes Leben, wenn um ihn herum das Laster regierte?

Er blickte den Fremden staunend an. „Wer seid Ihr?“

„Nenn mich Johannes. Ich bin derjenige, der an genau demselben Punkt war, an dem du jetzt stehst.

Müde, frustriert von den Menschen, die Dinge fühlen sich so sinnlos an." Wieder machte er eine kunstvolle Pause. „Aber vielleicht hab ich mich getäuscht. Vielleicht bin ich dir einfach lästig. Dann bitte ich um Verzeihung." Er hob beschwichtigend die Hände und machte Anstalten, sich zu erheben.

„Nein, bleibt." Wentzel war nicht naiv. Er erkannte diese rhetorische Form, hatte selbst schon so mit Menschen geredet, um ihnen näherzukommen. Doch der Köder, der vom Fremden ausgeworfen wurde, funktionierte. „Was wollt Ihr von mir?" Wentzel wollte nicht drumherum reden, das hatte er noch nie gemocht.

„Dir etwas anbieten. Etwas, das dir nützen wird. Dir hilft, Gottes Wort weiter zu verbreiten. Das dir zeigt, dass du nicht alleine bist. Zeigt, dass auch andere handeln."

Wentzel staunte stumm. Der Mann namens Johannes betrachtete ihn eine Weile, ehe er sich hinunter beugte und eine kleine Figur in den Sand zu ihren Füßen malte. Ein Kreuz, an dessen rechter und linker Seite ein Schlenker angefügt war. „Erkennst du das?"

Wentzel musste ein wenig überlegen. „Das Zeichen für den Saturn?"

„Das passt, ja, aber nicht ganz. Der Kreis rechts schwenkt nach innen, weit herum. Präg es dir ein. Wo immer du bist und dieses Zeichen findest, da findest du einen Freund. Ein Freund, der keine Fragen stellt, der weiß, dass du am Werk Gottes arbeitest. Der weiß, dass du das Böse bekämpfen möchtest, dass du unbarmherzig gegen die Sünde bist.“

Er betrachtete das Symbol, das der Fremde in den Staub gemalt hatte. Hatte er es schon einmal gesehen? Er konnte sich nicht daran erinnern. Zeichen an Eingängen waren nichts besonderes. Es gab reichlich Aberglauben in der Welt. Sein Blick musste deutliche Skepsis enthalten, denn der Fremde sprach: „Ich weiß, dass dies kindisch anmutet. Doch ist dies nur der Anfang. Eine kleine Hilfe für dich. Glaub mir, es gibt weit mehr als dich und mich. Männer, die handeln, anstatt zu jammern. Die Gottes Rechte durchsetzen, auch wenn die weltliche Rechtsprechung versagt. Die im Hintergrund dafür sorgen, dass die richtigen Entscheidungen getroffen werden.“

„Was denn für Entscheidungen?“, entfuhr es Wentzel. Er war sich nicht sicher, ob das Gerede des Mannes substantiell genug war, um ihn zu beeindrucken.

Johannes lächelte. „Ich verstehe. Nehmen wir deine gestrige Predigt als Beispiel.“ Mit dem Fuß verwischte er beiläufig das Zeichen im Staub. „Du hast es geschafft, die Menge für deine Sache zu begeistern. Bist mit einer Gefolgschaft durch die Stadt gezogen. Aber du bist an der Obrigkeit gescheitert. Und weißt du, warum?“

Wentzel sah ihn fragend an.

„Du warst zu brav. Das Hurenhaus wird von der Stadt beschützt. Der Rat braucht seine gefallenen Frauen. Sein kontrollierbares Babel. Auch wenn du noch so sehr recht hast, auf dem Weg des Wortes wirst du dort nichts bewirken. Nicht auf Dauer.“

„Hätte ich es anzünden sollen?“ Sein Frust platzte aus ihm heraus. Der Fremde hatte ja recht. So wahr er sprach, es würden nur Worte bleiben. So sehr er ein spontanes Publikum begeistern konnte, so richtig lange hielt das nicht. Vermutlich war die Erinnerung schon heute in den Köpfen der Leute erloschen.

„Ja.“

Kurz überlegte Wentzel, worauf sich das Ja bezog. Anzünden? Meinte er das ernst?

„Das meine ich ernst.“ Johannes schien die unausgesprochene Frage gehört zu haben. „Wenn du etwas verändern möchtest, dann predige weiter. Das ist und wird immer eine gute Sache sein. Doch Worte alleine bewegen zu wenig. Unterstreiche sie mit Aktionen, mach darauf aufmerksam, wo die Sünde uns verlockt. Bekämpfe den Teufel in Wort und Tat."

„Ihr schlagt ernsthaft vor, ich soll jedwedes Hurenhaus anzünden?"

„Nein. Nicht blindlings handeln, das meine ich nicht. Überlege, was du machst, überlege, ob es Wirkung hat, ob es aufmerksam macht, ob es andere inspiriert. Setze Zeichen." Wieder machte Johannes eine etwas in die Länge gezogene Pause. „Blindes Wüten bringt nichts. Manchmal ist eine einzelne, symbolische Tat wirkungsvoller als die offene Schlacht."

Wentzel schwieg. Das waren starke Worte, grausame Vorschläge. Er neigte nicht zu Gewalt. Gleichwohl hielt er sie von Mal zu Mal für angebracht. Wenn eine Frau ihrem Mann wiederholt nicht gehorchte, wenn ein Schüler nicht aufpasste, wenn Kinder aufsässig waren, dann waren Schläge ein akzeptables Mittel. In seiner Jugendzeit war er oft und viel geschlagen worden. In den meisten Fällen hatte er nachvollziehen können, warum es notwendig gewesen war. Doch als es spürbar nur noch der Befriedigung der Mönche gedient hatte, war es sinnlos geworden.

Und wenn das Abfackeln eines Hurenhauses das erzieherische Mittel war, das diese Stadt brauchte? Ein Zeichen, das die gottesfürchtigen und etwas einfältigen Menschen daran erinnern würde, wohin Sünde führte? Ein Zeichen für die Leute, die zwar brav lebten, aber sonst nichts machten? Geht hinaus und kämpft für Gottes Werk. Nehmt nicht nur hin, lehnt euch auf. Es gibt mehr von euch. Aber auf den etwas euphorischen Gedanken kam der ernüchternde Moment. Der Gedanke, eine oder mehrere Huren in ihrem Haus zu verbrennen, war nichts, was ihn begeisterte. Allerdings auch nichts, was ihn abhalten würde. Weil er bei sich selbst keine Freude daran entdeckte. Solch eine Tat wäre ein Mittel, nicht der Sinn der Sache. Es erregte ihn nicht, jemanden zu schlagen oder zu quälen, wie es bei manchen der Mönche in seiner Kindheit der Fall gewesen war. Und es wären gefallene Frauen, die genug Gelegenheit hatten, von ihrem sündhaften Tun abzulassen. Da würde es nicht die Falschen treffen.

Die Vorstellung, dass ein Unschuldiger verletzt werden, gar sterben könnte, gefiel ihm überhaupt nicht. Nicht nur das, es würde niemandem gefallen. Wer davon hörte, würde die Tat schlecht finden, die Idee ablehnen, egal wie gut die Absicht war.

„Nein, Brandstiftung ist nicht zielführend“, sagte er leise. „Nicht auf Dauer. Mag es auch kurze Begeisterung geben.“

Der Fremde namens Johannes nickte langsam. „Du begreifst schnell. Das ist gut.“

„Wofür sollte das gut sein? Was hättet Ihr denn vor? Was würdet Ihr denn machen?“ Wentzel reagierte stärker, als es seine Absicht war. Der Fremde provozierte ihn mit seiner väterlichen Art. Er war es nicht gewohnt, so behandelt zu werden.

Johannes blickte ihm ruhig entgegen. „Glaubst du, du bist der einzige kluge Mensch, der Gottes Werk verrichtet? Denkst du, alle anderen handeln unüberlegt? Nur, weil du es nicht siehst?“ Ohne auf Wentzels Reaktion zu warten, fuhr er fort. „Ich bin nur ein Mann. Einer unter vielen - von uns. Wir sind überall. Viele verrichten niedere Dienste. Manche beraten Könige. Wir nehmen Einfluss auf Entscheidungen, regen an und helfen einander. Die meisten Tage gehen ereignislos vorbei. Und nur eventuell passiert etwas Sichtbares, etwas Spektakuläres. Doch alles, was wir machen, ist ein weiteres kleines Steinchen, um eine große Kathedrale für seine Herrlichkeit zu bauen.“

Wieder ein Treffer. Arrogant sein, das wollte er nicht. Wentzel verbat sich die Überheblichkeit, sobald er sie bei sich bemerkte. Selbst eine alte Großmutter, die zahnlos Tee schlürfend vor dem Haus saß, konnte im Zweifel mehr Weisheit in sich tragen als er. Man wusste es niemals. Es war schwer, der Sünde des Hochmuts nicht zu verfallen, wenn man oft genug ein kluger und gebildeter Kopf unter einfachen Menschen war. Mit Johannes war er einem zweifellos sehr intelligenten Mann begegnet. Anzunehmen, er würde ahnungslos handeln, war in jedem Fall hochmütig. Er hob entschuldigend die Hände. „Verzeiht mir. Mea culpa."

Sein Gegenüber sah ihn sanft lächelnd an. „Ich gebe zu, ich lade deinen Karren grad recht voll. Das ist nicht angemessen. Vorab, denke an das Zeichen, das ich dir gezeigt habe. Wenn dir jemand begegnet, von dem du glaubst, er wäre deines Geistes, dann reich ihm die Hand."

Er reichte Wentzel mit auffordernder Geste die Hand. Als dieser die Hand ergriff, spürte er, dass der kleine Finger von Johannes nach innen gewinkelt war und damit ein wenig in die Handfläche drückte. „Der kleine Finger, leg ihn an. Erkennt dein Gegenüber die Geste, wird er sie erwidern und ihr könnt euch gegenseitig vertrauen." Johannes drückte den kleinen Finger vernehmlich in dessen Handfläche. „Mehr verrate ich dir nicht. Das soll für jetzt genügen. Sieh es als kleines Geschenk für deine guten Absichten gestern an."

„Ich möchte aber helfen", entfuhr es Wentzel. Wieder eine stärkere Reaktion als er eigentlich wollte. „Ich möchte nicht nur kleine Kiesel für die Kathedrale sammeln. Wo sind größere Ziegel?"

Johannes blickte ihn ernst an. „Form deine Ziegel bedachtsam aus kleinen Mengen Lehm, such nicht sofort nach großen Felsen. Vielleicht werden wir uns wiedersehen, vielleicht nie wieder. Auf unserem Weg haben wir nur einen Herrscher über uns, dessen Wort alles ist. Lass dir weder von mir noch von anderen sagen, was zu tun ist. Nimm Ratschläge an, doch keine Befehle."

Mit diesen Worten entzog er die Hand, stand auf und ging davon. Wentzel saß stumm da und sah ihm nach. Der Fremde verstand ihn, kannte das unangenehme Gefühl der Hilflosigkeit, der Nutzlosigkeit. Er hatte angedeutet, es gäbe viele mehr, die helfen wollten, die sinnbildliche Kathedrale zu bauen. Sogar mit ungewöhnlichen Mitteln. Mit Mitteln, die gegen das weltliche Recht verstießen.

Und er, Wentzel, hat die Hand gereicht bekommen.

5 - Montag, 16. Juli 1342

Mücken waren das gemeinste Problem. „Mistviecher“, fluchte Albrecht ein ums andere Mal. Wieder klatschte er an seinen Hals, aber das Insekt hatte sich schon an ihm bedient. Er ging in der Morgenkühle schnell vom Fluss weg. Gestern Abend hatte er es noch für eine gute Idee befunden, in Ufernähe zu schlafen. Ein kleines Feuer hatte mit seinem Rauch das Ärgste verhindert, aber jetzt war es geradezu unerträglich. Der Weg entlang der Ems war bequem, ein ums andere Mal traf man Reisende oder sah Kähne vorbei schippern. Wenn nur nicht die blutsaugenden Viecher wären. Er setzte seinen Weg im Schatten eines kleinen Waldrandes fort, in der Hoffnung, auf einen Weg in Richtung Norden zu stoßen. Von einem wilden Pflaumenbaum pflückte er sich ein Mahl. Er aß im Gehen und freute sich über jeden Schritt ohne die fliegenden Plagegeister. Vor zwei Tagen hatte er Meppen verlassen. Durchreisende Händler hatten ihm von einem größeren Markt erzählt, der in ein paar Tagen in Meyborg stattfinden sollte. Eine gute Gelegenheit für ihn in seiner neuen Rolle als Spielmann. Ein großer Markt bedeutete viele Gäste, viele

Besucher und Händler, die für Unterhaltung nach erfolgreichen Geschäften gut zahlen würden. Albrecht war noch nie so weit im Norden gewesen und kannte auch niemanden in Meyborg. Das kam ihm entgegen, denn er verspürte keinerlei Wunsch, Menschen aus seiner Vergangenheit zu begegnen. Vor mehr als drei Monaten war er aus seiner Heimatstadt Weißenburg aufgebrochen. Heimlich wie ein Dieb war er davongeschlichen, im Gepäck nicht mehr als seine Laute und andere kleine Instrumente. Um so wenig Spuren wie möglich zu hinterlassen, ließ er Pferd und Waffen zurück. Nach einem anstrengenden Marsch über drei Tage erreichte er ein größeres Dorf und erstand einen alten Kittel, ein zweifarbiges Beinkleid und eine Gugel. Seine alte Kleidung verbrannte er. Danach bemühte er sich, so wenig wie möglich seines verbliebenen Geldes auszugeben. Meist besorgte er sich Essen bei Bauernhöfen, indem er kleine Arbeiten verrichtete. Selten konnten oder wollten Bauern für Musik oder Gesang bezahlen. Für einen halben Tag Arbeit hingegen gab es einen warmen Platz im Stroh, einen Kanten Brot und etwas Dünnbier. In größeren Dörfern konnte er manchmal gegen Abend mit kleinen Geschichten und Musik die Gäste unterhalten. Hatte er Glück, wurde er zu einem Essen eingeladen und konnte am warmen Herdfeuer schlafen.

Die ersten Tage seiner Flucht fühlte er sich wie ein wildes Tier. Er schlief in Gräben, versteckt in Büschen und mied andere Menschen. Nach und nach wurde er sicherer, mit jeder Meile sank die Wahrscheinlichkeit, bekannte Gesichter zu treffen. Reisende Händler, die irgendwann in Weißenburg von einem Spielmann erzählen konnten, der dem entlaufenen Gerhard ähnlich sah. Er beschloss, sich von jetzt an Albrecht zu nennen. Das war der Name eines früheren Ausbilders, den er sehr zu schätzen gelernt hatte. Einer der wenigen, die ihn mit Geduld und Güte unterrichtet hatten.

Die reifen Pflaumen hatten seinen Bauch halbwegs gefüllt und stimmten ihn vergnügter als am mückenverseuchten Flussufer. Zwischen zwei Buckelfeldern fand er einen Pfad, der ihn in Richtung Norden führte. Nach einer Weile sah er einen Bauern mit seiner Frau bei der Feldarbeit. Sie standen mit gebeugtem Rücken inmitten der kniehohen Pflanzen.

„Einen guten Tag wünsche ich“, rief er den beiden zu.

Stirnrunzelnd blickte der Bauer auf. Albrechts Anblick brachte ihn zum Lächeln. „Ein Spielmann“, meinte er zu seiner Frau.

Albrecht wunderte sich, bis ihm einfiel, dass die Laute auf dem Rücken ein unübersehbarer Hinweis war. „Könnt ihr mir sagen, ob ich auf diesem Weg nach Meyborg komme?“

Bauer und Bäuerin richteten sich auf. Sie mochten wenige Jahre älter sein als er, aber ihre Gesichter wirkten durch das harte Leben auf dem Land wettergegerbt. Es schien ihm immer wieder, dass die Arbeit auf den Feldern die Menschen schneller altern ließ. Er selbst scheute keine Arbeit, wünschte sich jedoch nicht, tagein und tagaus bei jedem Wetter den Rücken für karge Erträge zu krümmen.

Der Mann nickte und schöpfte mit einer Kelle Wasser aus einem Eimer und reichte sie Albrecht.

„Habt vielen Dank.“ Albrecht genoss das Wasser. Trotz der frühen Stunde war die Sonne ziemlich ungnädig. „Es müsste regnen, oder geht es den Feldern gut?“

„Ach, Regen wäre ein wahrer Segen“, stöhnte der Bauer. „Aber hast du je einen Landmann getroffen, der zufrieden mit dem Wetter war?“

Albrecht grinste. Wohl wahr, dachte er. Das hatte er tatsächlich noch nicht erlebt. „Der harte Winter, das viele Wasser im Frühling und jetzt die Hitze, nein, einfach ist es heuer nicht", fuhr der Bauer fort. „Die Erbsen sind kärglich, das Getreide auch, wir können nur auf eine gute Obsternte hoffen."

„Dieser Weg führt nach Meyborg, Spielmann", sagte die Frau, die sich wieder über die Pflanzen gebeugt hatte. „Wenn du dich ein wenig sputest, kommst du noch vor Toresschluss an."

Albrecht verabschiedete sich und wanderte weiter den Weg entlang in Richtung Norden. Rinnsale führen zu Bächen und Bäche führen zu Flüssen. Dann kommt irgendwann eine Stadt. Genauso ist es mit kleinen Wegen. Diesen Spruch hatte sein Vater ihm öfter erzählt und auch hier schien er sich zu bewahrheiten. Nach einer Weile führte der Pfad auf einen größeren Weg, der regelmäßig von Karren benutzt wurde und in Richtung Norden führte. Gegen Mittag ging er auf dem Weg durch ein Waldstück und Albrecht entschied sich, unter einer breiten Eiche am Rand des Weges zu rasten, um der Mittagshitze zu entfliehen. Die letzten Pflaumen und ein Schluck aus seinem Wasserschlauch bildeten eine einfache Mahlzeit. Es stand zu befürchten, dass sein

Bauch bei dem vielen Obst mit reichlich Grummeln antworten würde.

„Holla Spielmann“, klang eine tiefe Stimme und ließ Albrecht hochschrecken. Dass ein polternder Karren neben ihm zum Stehen gekommen war, hatte er glatt verschlafen. Ein bärtiger Fuhrmann saß darauf und führte zwei Zugochsen, die den voll beladenen Karren zogen. Albrecht hob die Hand zum Gruß.

„Einen guten Tag wünsche ich und eine gute Straße zum Reisen“, erwiderte er. Rasch erhob er sich, klopfte Laub und Gras von seinem Kittel. „Wohin führt der Weg?“

„Meyborg“, erwiderte der Ochsentreiber knapp, während er die Tiere weiterführte.

„Wie weit haben wir es noch?“ Albrecht sammelte seine spärliche Habe zusammen und beeilte sich, neben den Mann zu treten.

„Sind bald da“, erwiderte der Angesprochene. „Dort drüben liegen die letzten Hügel, dahinter ist die Stadt.“

„Spricht etwas dagegen, wenn ich dich begleite, guter Mann?“

„Nein, im Gegenteil. Vier Fäuste sind besser als zwei.“ Dabei hob der Fuhrmann seine große, schwielige Hand, die vermutlich schon die eine oder andere Schlägerei gewonnen hatte.

„Wunderbar“, sagte Albrecht und trat neben den Fuhrmann. „Steht denn zu vermuten, dass es Ärger gibt? Sind hier Wegelagerer so nah an der Stadt?“

„Ja“, brummte er. „Aber das sind welche mit Wappenrock. Wir sind im Gebiet der Meyborg angekommen, hier regiert von Asseburg und seine Mannen sind regelrechte Räuber.“

Albrecht hob verwundert die Augenbrauen. „Wieso?“

„Der feine Herr hat beschlossen, dass hier das Grundruhrecht gilt.“

„Oh, verstehe.“ Davon hatte Albrecht gehört. Das bedeutete, dass ein Händler seine Waren nur auf den Boden stellen musste, und alles ging auf der Stelle in den Besitz des Lehnsherren über. Ursprünglich war das vermutlich gedacht, um unkontrollierten Handel und wilde Märkte zu unterbinden, doch wenn der Herr der Ländereien gierig war, konnte er Händler bei einem schlichten Radbruch ausnehmen. Im ärgsten Fall halfen seine Wachen sogar nach.

„Jetzt hast du zwei starke Hände mehr, guter Mann." Albrecht lächelte den Fuhrmann an.

„Wird schon schiefgehen", brummte der.

Der Weg wurde breiter, aber er war ungepflegt und voller tiefer Schlaglöcher. Albrecht dachte wieder an seinen Vater. Der hatte zwar keine großen Ländereien gehabt. Dennoch oder gerade deswegen hatte er dafür gesorgt, dass sie gepflegt waren. Solche katastrophalen Wege hätte es bei ihm nicht gegeben. Grundruhrecht, auch eine Art, sein Lehen zu bereichern, ging ihm durch den Kopf. Man spart an der Pflege der Straßen und verdient auch noch daran. „Riechst du es schon?", fragte der Fuhrmann.

Albrecht sog die warme Sommerluft ein. Tatsächlich konnte er den Geruch von Rauch wahrnehmen. Nach einer weiteren Biegung wurde der Weg freier und die Spitzen von zwei hölzernen Kirchtürmen waren hinter einer Baumreihe zu sehen, sowie der aufsteigende Rauch vieler Herdfeuer. „Sind wir vor Toresschluss da?", fragte Albrecht.

„Aber sicher. Der Weg wird von jetzt an besser."

„Wo kommst du unter?"

Der Fuhrmann schnalzte mit der Zunge und trieb die Ochsen weiter an. „Ich werde im Handelshof von Hanson erwartet. Und du?“

„Ich habe keine Ahnung“, erwiderte Albrecht. „Aber wer könnte einem freundlichen Spielmann keine Gastfreundschaft erweisen?“

Ein dunkles Lachen war die Antwort. „Zeig doch einmal, ob du diesen Titel wirklich verdienst.“

Die nächsten Meilen spielte er einfache Weisen auf der Laute und sang Lieder, deren letzte Zeile üblicherweise vom Publikum mitgesungen wurde. Zu Albrechts Erstaunen hatte der Fuhrmann eine angenehme, tiefe Gesangsstimme. Die Ochsen, ob beschwingt von der Musik oder der nachlassenden Mittagshitze, gingen zügiger und nach einer Weile war die Stadtmauer zu erkennen. Vor dem südlichen Stadttor stand eine längere Schlange von einzelnen Personen und anderen Karren.

„Siehst du die Senke zur rechten Hand?“, fragte der Fuhrmann. „Dahinter ist der Bauernmarkt. Wenn du nicht in die Stadt kommst, kannst du da einen Platz finden. Dann kannst du dir Krankheiten in jeder Farbe aussuchen. Es gibt welche, die dein Gemächt abfaulen lassen. Für drei Pfennige bei den Straßenhuren. Es ist besser, im Wald zu nächtigen als dort."

„Ich hoffe schon, in der Stadt zu nächtigen", erwiderte Albrecht. „Mein Gemächt will ich noch ein wenig länger behalten."

Am Tor stand eine Handvoll Wachen, die mit gelangweilten Gesichtern mit den Reisenden sprachen und die Waren kontrollierten. Als der Fuhrmann an der Reihe war, wies er einige Papiere vor und durfte in die Stadt fahren. „Ich wünsche dir Glück, Spielmann", rief er noch über den Rücken und hob die große Hand zum Gruß.

Dann trat schon eine Wache vor Albrecht. „Hast du Papiere?", brummelte der Mann.

„Papiere? Nein, ich bin Spielmann", erwiderte Albrecht und hob die Laute ein wenig hoch. „Es ist doch alsbald Markt bei Euch, guter Mann. Viel Arbeit für meinesgleichen."

„Mag schon sein. Aber ohne Papiere wird das nichts. Oder hast du Bürgen in der Stadt, die für dich sprechen? Verwandte? Einen Nachweis über eine Unterkunft?"

Die Stimme der Wache klang gelangweilt. Vermutlich hatte er diesen Spruch schon etliche Male wiederholt. Albrecht seufzte tief und zuckte mit den Schultern. Dann wurde er unsanft zur Seite geschoben und die Wache bellte: „Der nächste, na los!“

Albrecht schritt frustriert und müde vom Tor weg. Mit solch einer Ablehnung hatte er nicht gerechnet. Was sollte er jetzt nur machen? Es war noch ein wenig Zeit bis Toresschluss, alleine, wenn er die Schlange an Karren und Personen betrachtete, die noch Einlass begehrten.

Um das Tor herum gab es ein paar freie Flächen aus Gras und festgestampfter Erde. Einzelne Stellen zeugten davon, dass hier in den Nächten Lagerfeuer gemacht worden waren. Wer vor dem Sonnenaufgang ankam, musste vor den geschlossenen Toren lagern. Ein wenig murrend schritt er an der Mauer entlang. Die Flächen davor waren frei von Gebüschen und Bäumen, man wollte schon sehen können, wer da auf die Stadtmauer zukam. Wenn er sich Mühe gab, könnte er sogar an einer guten Stelle über die Mauer klettern. Doch mit der Laute auf dem Rücken wäre das ein ziemliches Risiko. Und er war sich sicher, dass an diesen Tagen genug Wachen Ausschau nach genau solchen Tollheiten hielten.

Müde von der Wanderung den Tag über kehrte er zum Tor zurück und setzte sich ins Gras. Welche Möglichkeiten hatte er jetzt? Sich in das Lager vor den Toren begeben, das ihm beschrieben worden war und dort für etwas Brei musizieren? Mit der Gefahr, von verzweifeltem oder zweifelhaftem Gesindel der kostbaren Laute beraubt zu werden. Dann doch lieber im Wald schlafen. Danach zu einer anderen Stadt ziehen, vielleicht einer etwas kleineren. Ohne strenge Kontrollen. Für einen kurzen, sehr kindischen Moment überlegte er, sich bei Nacht schwimmend über den Fluss in die Stadt hineintreiben zu lassen und den Schutz der Dunkelheit zu nutzen. Sollten sie Seile oder Ketten gespannt haben, um Schiffe aufzuhalten, die keinen Zoll zahlen wollten, dann wäre das als Schwimmer ja kein Hindernis. Doch wieder, die Laute war ein Problem. Er konnte zwar recht gut schwimmen, aber mit nur einem Arm das empfindliche Instrument über den Kopf zu halten, war nicht klug. Wenn man einen Platz in der Stadt finden wollte, dann nicht mitten in der Nacht, völlig durchnässt und dreckig. Frustriert stieß er mit seinem Schuh ein paar Steinchen durch die Gegend. Dann musste er wohl oder übel in der Umgegend einen versteckten

Platz finden, schlafen und morgens hungrig aufbrechen, eine andere Stadt zu besuchen. Er setzte sich in das zertretene Gras in der Nähe des Tores, nahm die Laute in die Hand und begann zu spielen. Das war ein Weg, sich zu beruhigen. Er begann aus seiner Laune heraus zu zupfen. Die Töne waren etwas melancholischer als er es mochte, doch es war auch eine frustrierende Situation, da durfte man als Spielmann ein wenig wehklagen. Es bedeutete nicht die Welt, den Eintritt verwehrt zu bekommen, doch es war einfacher, sein Leben in der Stadt zu bestreiten. Und er hatte Hunger.

Eine Weile später dachte er an einen Satz, den ein Lehrer von ihm einmal gesagt hatte. Starke Gefühlsregungen würden einen Künstler besonders gut inspirieren. Es fiel ihm leicht, das nachzuvollziehen. Er begann eine hübsche Improvisation, eine Kombination aus einem Liebeslied und einer anderen Melodie, die er im Kopf hatte, aber deren Ursprung er nicht mehr kannte. Wenn er statt des wehklagenden Liebchens sich selbst einfügen würde, könnte er sogar den Text verwenden.

So begann er, lauter singend, die wartenden Menschen in der Schlange mit der Geschichte des geschundenen Spielmanns zu unterhalten. Der arme Kerl wurde von allen drangsaliert, wo er doch nur in Frieden seine

Herzensdame umarmen wollte. Selbst seine Schwiegermutter ließ ihn nicht in Ruhe, der Hunger nagte an ihm und einfach alle Welt stellte sich ihm in den Weg. Böse Stadtwachen kamen ebenfalls in dem Lied vor, es war schon ein trauriges Leben. Von der Straße kam Gelächter und vereinzelt Applaus. Doch er hätte die böse Stadtwache nicht ganz so arg darstellen sollen. Vom Tor erschallte laut der Ruf, er solle sich davonmachen. Wieder gab es Gelächter und Albrecht wiederholte die Stelle im Lied noch einmal, nur sang er diesmal leiser und ging näher an die Wartenden in der Schlange. Letztlich nützte es nichts. Das Lied endete, die Leute gingen weiter und er hatte immer noch Hunger. Seufzend setzte er sich wieder in das Gras. Er sinnierte darüber, vor dem Tor aufzuspielen. Irgendwann würde einer der Wartenden ihm doch sicher etwas zu essen geben.

Während Albrecht grummelnd überlegte, kam vom Tor eine Frau auf ihn zu. Ihr aufreizender Gang fesselte seinen Blick. Ihre Kurven machten sie zu einer echten Schönheit. Um ihre Schultern lag, entgegen der sommerlichen Hitze, ein gelbes Tuch. Das Gebinde um den Kopf war mit kleinen Blumen und bunten Bändern geschmückt.

Eine Hübschlerin, dachte Albrecht. Das bedeutete, dass es in Meyborg wahrscheinlich ein Frauenhaus gab. Auf dem Markt aufzuspielen war eine Sache, doch von einer Gaststätte oder Schänke bezahlt zu werden war besser. Es gab mehr Geld und mit Glück ein Dach über dem Kopf. Er fasste sich ein Herz und trat an die Frau heran. „Schöne Frau“, begann er. „Wärt ihr bereit, einem hungrigen Spielmann Eure Aufmerksamkeit zu schenken?“

Ihr Blick glitt an ihm herunter. Mit gehobener Augenbraue erwiderte sie: „Schöner Spielmann, ich fühle mich geschmeichelt. Doch bist du sicher, dir mein Wohlwollen leisten zu können?“

„Bedauerlicherweise hat mich das Schicksal bar jeder Mittel vor Eure streng bewachten Tore geführt. Doch Ihr wärt jeden meiner Pfennige wert, da bin ich mir sicher.“

Wieder musterte sie ihn eingehend. „Wortgewandt, höflich und hübsch. Doch was willst du von mir?“

„Vielen Dank. Musikalisch, möchte ich noch hinzufügen.“ Dann nahm er die Laute vor sich und zupfte sanft an den Saiten. „Hättet Ihr nicht Bedarf an einem Musikus für Eure Heimstatt?“

Sie sah ihn skeptisch an und an ihm herunter. „Blumig reden kannst du. Wie steht es mit dem Singen?“

„Unbedingt. Und Geschichten erzählen. Von Liebe und Abenteuer."

„Wenn das so ist, hätte ich Arbeit für dich, so du denn magst."

Erleichtert lächelte er auf. Dann deutete er auf das Tor. „Der böse Mann lässt mich aber nicht rein", flüsterte er.

„Der ist das kleinste Problem. Komm mit." Damit hakte sie sich bei ihm unter und führte ihn wieder zur Wache.

„Geralt, mein Lieber."

Die angesprochene Wache sah die beiden missmutig an. „Was willst du, Trude?"

„Oh, keine Sorge, du wirst dieser anspruchsvollen Aufgabe sicher gerecht. Sieh her, das ist der Mann, den wir geladen haben. Er wird in der Roten Blume aufspielen. Und wir bürgen für ihn. Für ein paar Tage. Natürlich nur, wenn du geruhst, ihn einzulassen". Ihr Blick war unverwandt auf ihn gerichtet, während sie ein wenig mit dem Oberkörper wackelte.

Etwas verunsichert murrte der Angesprochene: „Der hat aber keine Papiere."

Trude ging einen Schritt auf ihn zu und winkte ihn mit dem Zeigefinger heran. Als er sich nach unten beugte, flüsterte sie ihm etwas ins Ohr. Nach einer Weile verzog er das Gesicht und machte eine knappe Handbewegung in Richtung Tor.

Fröhlich hakte sich Trude wieder bei Albrecht unter und dirigierte ihn durch das Stadttor. „Komm, mein Hübscher". Dann betrat sie mit ihm die Stadt.

Albrecht atmete erleichtert auf, als sie das Tor durchschritten.

Meyborg war eine belebte Stadt. Karren, gezogen von Ochsen, Pferden oder Menschen, ratterten die breite Straße entlang, Bürger liefen in bunten Kleidern, trugen Körbe mit Waren herum. In einigen Häusern waren im Erdgeschoss weite, offene Fenster, denen große Läden aus Holz Schatten spendeten. Davor und auf dem Fensterbrett lagen die verschiedensten Waren, Tuche, Holzwaren oder Gemüse und Brot. Verschiedene Gerüche stiegen Albrecht in die Nase. Gebratenes Fleisch und frische Backwaren erinnerten ihn fast schmerzhaft daran, wie hungrig er war. Seit seinem Aufbruch aus Meppen hatte er nur gegessen, was der Wegesrand ihm an Obst und Beeren geboten hatte. Nicht jeder Geruch war angenehm. Aus einer der Nebengassen schlug ihm der beißende Gestank der Ledergerber entgegen. Dennoch waren die Straßen sauberer als in anderen Städten, anscheinend wurde nicht jeder Unrat einfach vor die Tür geschüttet. Der Hauptweg vom Tor zum Markt bestand aus fest gestampftem Lehm, der weite Platz selbst war mit Kopfstein gepflastert. An einer Seite befand sich ein großer steinerner Brunnen mit Überdachung. Albrecht dachte an die aufwendig verzierten Brunnen in den großen Städten seiner Heimat wie Regensburg oder Nürnberg. Hier war vieles einfacher, doch das lag wahrscheinlich daran, dass Meyborg jünger war.

„Ich bin doch zu neugierig", sprach Albrecht Trude an. „Was hast du dem armen Kerl nur zugeflüstert, dass er mich eingelassen hat?"

Trude lachte leise. Den Wechsel zur persönlichen Anrede nahm sie unkommentiert zur Kenntnis. Er benahm sich nach wie vor höflich, ganz im Gegensatz zu den meisten Männern, mit denen sie Umgang pflegte. „Ich kenne seine Frau, ein fieses Weib. Ich hab ihm gesagt, wenn er je wieder außerhalb seines Stalles ein wohlwollendes Pferd reiten möchte, dann lässt er dich besser ein." Ungerührt fuhr sie fort. „Wir können deine Dienste wirklich gebrauchen. Wenn du möchtest, kannst du in der Roten Blume abends aufspielen."

Auf sein etwas anzügliches Grinsen erwiderte sie: „Oh, die Blume ist eine angesehene Schänke, die grad zu Markttagen überaus gut besucht wird. Ganz zufällig arbeiten dort ein paar ziemlich schöne Mädchen."

„Ein Frauenhaus", erwiderte er. „Was für eine angenehme Vorstellung."

„Na, mein Hübscher, wenn, dann wirst du eingeladen, um zu singen, nicht um zu spielen".

„Trude", antwortete er mit einem schiefen Grinsen. „Keine Angst, deine Freundinnen haben vor mir nichts zu befürchten."

Trude bedachte ihn mit einem langen Seitenblick. „Dann wirst du doch keine Probleme haben, im Badehaus zu singen? Da sind Mann und Frau zu finden."

Albrecht lachte: „Da mach dir mal keine Sorgen, Trude. Ich bin der Bravsten einer."

„Das sagen sie alle."

Auffallend waren die vielen Baustellen. Meyborg schien zu wachsen und sich herausputzen zu wollen. Bisher folgten sie einer der Hauptstraßen in Richtung des zentralen Marktplatzes. Hier fanden sich hauptsächlich mehrgeschossige Fachwerkhäuser, deren Gefache mit Ziegeln und Lehm ausgekleidet waren. Als sie in eine der Seitengassen abbogen, wandelte sich das Bild allmählich. Albrecht sah immer öfter reine Holzhäuser und dazwischen Lücken, in denen emsig an den nächsten Bauten gearbeitet wurde. Maurer schleppten hölzerne Bütten mit Lehm oder Ziegeln, Zimmerleute schlugen lange Stämme mit Äxten in Form und errichteten Gerüste, denen man lieber auswich, denn nicht alle davon sahen vertrauenserweckend stabil aus.

Bisher hatte Albrecht zwei hölzerne Kirchen gesehen, vermutlich würden die ehrgeizigen Städter sie im Laufe der Zeit in steinerne Bauten verwandeln. Was, eingedenk der Brandgefahr, eine gute Entscheidung war, aber in erster Linie damit zu tun hatte, dass die freien Städte sehr stolz waren. Wer das Stadtrecht verliehen bekam, mühte sich um Ansehen und Prunk. Eine gut befestigte Stadtmauer war nicht nur wegen kleiner Überfälle wichtig, sie garantierte den Händlern auch eine sichere Unterkunft und zuverlässige Regeln. Meyborg schien dafür eine ideale Position zu haben. Die Ems taugte als guter Transportweg, um Waren aus dem mittleren deutschen Reich über die Nordsee zu transportieren. Dazu wurden viele Güter auf dem Landweg zwischen den großen Städten in Flandern und den reichen Hansestädten hin- und her geliefert. Es war nicht verwunderlich, dass die Markttage im Sommer eine große Menge an Kaufleuten anlockten.

„Dies ist unser Viertel“, riss Trude ihn aus seinen Beobachtungen. „Dort drüben ist das Badehaus, gut besucht und das einzige in dieser Ecke der Stadt. Bader Johann betreibt es und wir arbeiten gerne mit ihm zusammen.“

Sie traten aus einer Gasse auf eine weitere breite Straße. Einige der Häuser standen auf freien Flächen und verfügten über dahinter liegende, eingefasste Gärten. Das besagte Badehaus war zweigeschossig. Vor seiner Tür lag eine frisch aufgeschüttete Holzlieferung. Junge Männer waren damit beschäftigt, das Holz zu hacken und im Hof des Hauses zu stapeln. „Hier haben wir deine neue Bleibe für die nächsten Tage. Die Rote Blume.“ Trude wies auf ein längliches Haus mit zahlreichen Fensterläden zur Straße hin. Vor dem Eingang hing ein großes Schild, auf dem eine geschnitzte Blume zu sehen war. Die Fassade um die Tür und Fenster war mit bunten Ranken bemalt. Rechts des Eingangs befand sich eine längere Mauer zum nächsten Haus mit einem großen hölzernen Tor. Manche der Läden standen offen und in einem der Fenster saß eine junge, auffallend hübsche Frau. Ihr Kopf war züchtig mit dem Gebinde bedeckt und sie trug, ebenso wie Trude, ein gelbes Tuch um ihre Schultern. Ansonsten trug sie nur einen Kittel mit sehr weiten Schlitzen. Man würde diesen Kittel mit

Sicherheit nicht auf der Straße tragen können, denn bei der geringsten Bewegung konnte man etliches von ihrem sonst nackten Körper sehen. Vermutlich entsprach sie stillstehend der hiesigen Kleiderordnung für Hübschlerinnen und konnte nicht angeklagt werden. Aber das war sicher nicht die Interpretation, wie es sich jemand im Stadtrat ausgedacht hatte. Solche Situationen hatte Albrecht auch schon in anderen Städten gesehen. Die Dame warb für sich und ihr Gewerbe, indem sie ihre Waren im Fenster feilbot. Solange sie dort spärlich bekleidet saß, hatte niemand etwas dagegen, weswegen man sie oft Fenstlerinnen nannte. So lockte sie fremde und einheimische Männer zu sich und bot sich ihnen an. Vermutlich, dachte Albrecht, dürfen sie in Meyborg nicht auf den Straßen werben. Wie in jeder Zunft gab es auch für dieses Gewerbe feste Regeln, deren Einhaltung wichtig war. Allerdings hatte diese Zunft vermutlich keine Gesellenränge oder Meisterprüfungen. Der Gedanke entlockte ihm ein Schmunzeln. Die Vorstellung, dass sich eine Frau Meisterdirne nannte, erheiterte ihn.

„Komm erst einmal in die Schänke, ich rede kurz mit Meister Hermann. Er freut sich sicher, einen hübschen Spielmann für die nächste Zeit zu haben." Mit diesen Worten verschwand Trude im hinteren Bereich.

Da haben wir den Meistertitel, dachte Albrecht mit erheitert zuckenden Mundwinkeln. Kein Meister einer Zunft, doch immerhin der Vorsteher des Hauses und damit wurde er vermutlich ehrenhalber so betitelt. Die Schänke selbst sah aus wie die vielen anderen Bierstuben, in denen er zu Gast gewesen war. Ein großer, offener Kaminofen sorgte für Wärme. Über dem Feuer hing ein Kessel. Daneben befand sich der Tresen, hinter dem die obligatorischen Bierfässer standen. Es war nicht anzunehmen, dass hier viel Wein getrunken wurde. Das war eher eine Sache seiner Heimat. Hier wurde Bier ausgeschenkt. Schemel, Bänke und Tische waren aus grob behauenen Holz und trugen die Spuren vieler ausschweifender Feiern. An den Balken und Stützpfeilern hingen kleine Laternen und Öllampen, daneben Zierrat wie Kräuterbündel, trockene Blumen und anderer Schmuck, der vom Ruß der Zeit verklebt und farblos geworden war.

Es war ruhiger als auf der Straße und Albrecht genoss die Kühle des Hauses. Eine ältere Frau fegte mit einem Reisigbündel Stroh auf dem Boden in Richtung der hinteren Tür. Ein gutes Zeichen, dachte er, nicht jede Schänke erneuerte den notwendigen Einstreu, der verschüttetes Bier und andere Dinge eines wilden Abends aufnahm. Er setzte sich auf einen Schemel neben den Eingang und nahm seine Laute in die Hand. Er nutzte die Zeit, sein Instrument zu stimmen. Nach ein paar gezupften Tönen spielte er leise eines seiner Lieder und summte dazu. Es tat gut, nach der Reise die Beine auszustrecken und sich vom kühlen Boden erfrischen zu lassen. Wenn es gut lief, konnte er hier für ein paar Tage Schlaf und Essen finden. Er seufzte erleichtert und begann, sich zu entspannen.

6 - Dienstag, 17. Juli 1342

„Lass aufsatteln“, herrschte Gero von Asseburg einen Stallburschen an. Wieder einmal war die Nacht für ihn kurz gewesen. Kurz und schmerzvoll. Die Gicht im Fuß hatte ihn nur wenige Stunden unruhig schlafen lassen. Dazu kam die Hitze, die in der Nacht kaum nachgelassen hatte.

„Sofort, mein Herr“, war die Antwort und es dauerte nur wenige Minuten, bis die Pferde aufgezäumt auf den Hof geführt wurden. Vermutlich hatte sich der Stallbursche in vorauseilendem Gehorsam auf diesen Befehl schon vorbereitet.

Eine Wache half Gero auf das Pferd und schwang sich selbst in den Sattel. Kleine Ausritte waren für den Burgherren am Morgen zur Gewohnheit geworden. Obgleich der schmerzende Fuß bei dem Kontakt mit dem Steigbügel laut protestierte, war es weitaus angenehmer, als zu laufen. Und Ausritte waren besser, als untätig im Burgturm zu sitzen. Hier musste Gero befürchten, gelangweilt einer Schar an Bittstellern zu lauschen.

Nach einer Weile erreichte der kleine Trupp das Beginenstift in der Stadt. Das Tor war bereits geöffnet und im Hof liefen mehrere der Schwestern mit Arbeitsgeräten und Körben herum. Mit einem unterdrückten Stöhnen stieg Gero vor einer der Frauen ab. „Bringt mich zur Vorsteherin, sofort", herrschte er sie an und ließ die Zügel einfach fallen. Ohne zu warten, schritt er auf den Eingang des Haupthauses zu. Die angesprochene Frau eilte ihm stumm voraus und öffnete die Tür. Hinter ihm beeilten sich die Wachen, abzusteigen, um ihrem Herren zu folgen. Gero wies sie mit einer knappen Handbewegung an, im Hof zu warten, und wandte sich wieder der Schwester zu, die vor ihm ging: „Na los, auf, auf."

Verängstigt gehorchte sie und führte ihn in einen Raum, seitlich vom Flur, mit einem großen Tisch und mehreren Stühlen. „Ich gebe Frau von Worms Bescheid", hauchte sie leise und verließ den Raum eilends. Das Zimmer war schmucklos eingerichtet, wirkte aber sauber und aufgeräumt. Neben Tisch und Stühlen gab es lediglich eine wuchtige, hölzerne Truhe an der Wand. Gero trat an eines der Fenster und blickte in den Garten des Stifts. Die Beginen nutzten die kühleren Morgenstunden, um die mit Weidenzaun eingefassten Beete zu bearbeiten. Es wurde gehackt, gegossen und gezupft und er musste unweigerlich den Fleiß bewundern. Im Vergleich zu vielen anderen Gärten blühte und wuchs es hier in Hülle und Fülle.

„Was bringt mir die Ehre eines so frühen und unerwarteten Besuchs?“, sagte eine feste, weibliche Stimme hinter ihm.

Sich umwendend erwiderte er: „Frau von Worms, meinen Gruß.“ Neben Magdalena stand eine weitere Schwester mit gesenktem Kopf. Er ging ein paar Schritte auf die Frauen zu und wies die Schwester mit knapper Geste ab. „Lasst uns allein.“

Magdalena hob verwundert die Augenbrauen, bestätigte dann mit einem kurzen Nicken diese Anweisung. Die Schwester verließ den Raum.

„Ich nehme an, Ihr seid aus anderen Gründen hier, als meinen Schwestern Befehle zu geben?“

Gero ließ sich auf einen der Stühle am Tisch fallen, wobei er ein wenig aufstöhnte. „Nehmt doch auch Platz, Frau von Worms.“

Magdalena blieb stehen. „Ich gewähre Euch gerne das Gastrecht, Herr von Asseburg“, erwiderte sie förmlich. „Jedoch bitte ich Euch, mich als Gastgeberin zu behandeln.“

„Tatsächlich?“, erwiderte er mit dünnem Lächeln. „Ihr wollt den Propst von Leer, eingesetzt durch Bischof Ludwig in Münster, wie einen profanen Gast behandeln?“

Magdalenas Züge wurden härter. „Herr von Asseburg, Ihr seid jederzeit im Haus der Beginen willkommen. Dieses Haus untersteht weder der Kirche noch dem Stadtrat. Wir haben unsere eigenen Regeln und sind …“

Gero winkte ab. „Ja, der Rat. Womit ich zu einem Grund meines Besuchs komme.“ Langsam strich er mit den Händen über seine Beine. „Ich habe gehört, Ihr hättet Euch für das Landvolk der Umgebung eingesetzt und seid abgewiesen worden. Dafür wollte ich Euch danken.“

Magdalena ließ sich auf einem Stuhl auf der anderen Tischseite nieder. „Das habt Ihr gehört? Ich staune.“

„Die Stadt ist klein und es gibt viel Gerede“, erwiderte er. „Es wäre nicht Eure Aufgabe gewesen, gleichwohl weiß ich Euer Bemühen zu schätzen.“

Magdalena nickte langsam. Dieser Dank war ein möglicher Grund, sie zu besuchen, dennoch kam es ihr vor, als schliche ein Fuchs um die Hühner.

Gero nestelte an einem Schuh und begann, ihn auszuziehen. „Frau von Worms, die Heilkunst der Beginen ist bekannt und daher bitte ich Euch, einen Blick auf meinen Fuß zu werfen."

In einer ersten Reaktion wollte sie ihn bitten, das zu unterlassen, doch konnte sie nur schlecht einen Hilfesuchenden abweisen. Daher erhob sie sich, um ihm gegenüber Platz zu nehmen. Der freigelegte Fuß war vor den Zehen unförmig angeschwollen, die Gelenke stark gerötet. Ein Wunder, dass er den Weg hierher überhaupt geschafft hatte. Sie bedauerte ihren bisher abweisenden Tonfall, die Schmerzen, die er haben musste, würden den freundlichsten Menschen zu einem Griesgram machen. Sie hatte schon deutlich mildere Fälle von Gicht gesehen, die Menschen arg gequält hatte.

Dennoch wählte sie kühle Worte: „Damit, Herr von Asseburg, müsst Ihr umgehend zu einem Arzt. Oder Bader, jedenfalls solltet Ihr Euch helfen lassen."

„Ich hoffe auf Eure Hilfe", antwortete er knapp.

Sie musterte ihn. Auch wenn sie geneigt war, ihn zu bedauern, musste er genau wissen, wie eifersüchtige Ärzte ihren Berufsstand verteidigten. Ihr und ihren Schwestern war es lediglich gestattet, mit einfachen Hilfsmitteln aus dem Garten Linderung zu verschaffen.

Medizin zu verabreichen oder gar Eingriffe in den Körper eines Menschen waren verboten.

„Es ist mir nicht möglich, Euch zu helfen." Sie erhob sich. „Ich werde meine Schwestern anweisen, etwas Beinwell aus dem Garten zu besorgen. Daraus könnt Ihr Euch Salbe machen lassen oder das Kraut als Auflage benutzen."

Seinem Gesichtsausdruck entnahm sie etwas Ärger. Vorsichtig begann er, den Stoffschuh überzustreifen.

„Es ist das Alter, werte Frau. Davon wird niemand verschont. Ich brauche eine Pflegerin, eine kundige Hand, die mir zu Diensten sein und mein Leiden lindern kann. Wäre das etwas für Euch, Frau von Worms? Ein Platz an der Seite eines Burgherren?"

Das kam überraschend. „Eine Pflegerin würde ich Euch nahelegen. Nur bin ich die falsche Person dafür. Meine Aufgaben sind hier, ich leite ein Stift. Wenn Ihr möchtet, kann ich Euch jemanden empfehlen."

Gero erhob sich. „Ich suche mehr als eine Pflegerin, werte Frau. Gleichwohl es mir nicht gestattet ist zu heiraten, bin ich doch eine gute Partie. Ich habe Platz, Vermögen und wüsste Eure Gunst durchaus zu würdigen."

Daher wehte der Wind. Magdalena erschauerte

innerlich. An seiner Seite zu leben, ihn zu pflegen, ihm gar zu Gefallen zu sein, das war wahrlich kein verlockender Gedanke. Wie kam er nur auf solch eine Idee?

„Euer Leben wäre gesichert in diesen schlimmen Zeiten“, raunte er. Sie sah männliche Begierde in seinem Blick aufflackern. „Ihr wärt in einer weit besseren Position als in einem Beginenkloster.“ Langsam schritt er an sie heran.

„Auch wenn ich nicht der Kirche unterstehe, habe ich doch mein Leben dem Herrn gewidmet und ich bitte gerade Euch, das zu respektieren.“ Ihre schneidenden Worte schreckte ihn nicht.

Er trat noch einen Schritt näher und packte ihren Arm. „Bedenkt doch, was für eine Gelegenheit ich Euch biete.“

„Herr von Asseburg“, sagte sie fest in kühlem Tonfall. „In meinem Leben ist kein Platz mehr für Mannstollheit.“ Trotz ihrer Reaktion versuchte er, auch ihren anderen Arm zu greifen. Damit war für sie das Maß überschritten. Sie stieß mit ihrem Fuß gegen seinen gichtgeplagten Fuß. Als Schreck und Schmerz ihm die Hände lockerten, wich sie in Richtung Tür zurück. „Ich denke, es ist an der Zeit“, stieß sie hervor. „Ich habe die Eure über Gebühr beansprucht.“

„Diese Entscheidung werdet Ihr bereuen", kam es zischend von ihm. „Papst Clemens der Fünfte hat euch Beginen der Ketzerei bezichtigt, glaubt nicht, dass Ihr unantastbar seid."

„Dieser Papst ist seit Jahren tot. Glaubt nicht, Ihr könntet mir damit drohen." Ihr Arm wies unmissverständlich zur Tür.

Nach einer kurzen Pause ging Gero, leicht humpelnd aber zügig, zur Tür heraus, ohne sie eines weiteren Blickes zu würdigen. Seinem Gesicht war schiere Wut anzusehen. Magdalena mühte sich, ihre Haltung zu wahren. Eine kurze Weile später hörte sie ihn ruppig im Hof nach den Pferden rufen. Erst, als sich das Hufgetrappel entfernte, atmete sie tief aus.

7 - Dienstag, 17. Juli 1342

Ein Besuch im Badehaus konnte viele Gründe haben. Vordringlich war es der Ort, an dem man sich bequem von Kopf bis Fuß waschen konnte. Das wäre ebenfalls zu Hause oder in einem Fluss möglich, doch hier gab es reichlich warmes Wasser und große Zuber. Wenn man dafür zahlte, waren noch viele weitere Annehmlichkeiten möglich. Die Meyborger Bürger galten als reinlich, es gab mehrere Waschhäuser. Wer es sich leisten konnte, nahm mit der Familie ein sonntägliches Bad.

Johann, der Betreiber des Badehauses gegenüber der Roten Blume, sorgte gut und gerne für seine Gäste. Wer es wünschte und vor allem, wer dafür bezahlte, konnte einer guten Behandlung gewiss sein. Neben kleinen Speisen und Wein war es nicht ungewöhnlich, wenn sich ein männlicher Gast, und sei es nur der Gesellschaft wegen, weibliche Begleitung und Hilfe wünschte. Darüber hinaus war er als Bader in der Lage, bei kleinen Blessuren und Verletzungen zu helfen. Seine Badezusätze halfen bei Erkältungen und, wenn es nach seinen Aussagen ging, bei einer schier endlosen Menge anderer Leiden. An diesem Mittag hatten sich zwei

Händler als erste Gäste eingefunden. Vor den anstehenden Markttagen wollten sie sich von den Strapazen der Reise erholen und den Staub der Straße abwaschen. Mehrere Gehilfen liefen eilfertig mit großen Holzeimern umher und schütteten vorsichtig dampfendes Wasser in die Bottiche der Reisenden. Der Bader kam dazu, prüfte die Temperatur mit der Hand und kippte aus einer kleinen Karaffe ein Gemisch aus Honig und Milch in das Wasser. Die beiden Besucher lagen entkleidet in ihren Wannen. Große Leinentücher hingen von der Decke und trennten die Sicht zwischen den Zubern. „Hessischer Wein", ertönte eine Stimme. „Gibt keinen besseren. Auf gute Geschäfte."

Eine Hand schob sich durch einen Spalt zwischen den Tüchern und reichte einen Becher hindurch. „Oh, habt Dank. Das kommt gerade recht." Eine Weile war nur wohliges Stöhnen und Geplätscher zu hören. „Wirklich gut.", brummte eine der Stimmen. Kurz darauf kam die Hand wieder zum Vorschein. Diesmal reichte sie einen Krug herüber. Wein wurde eingeschenkt und die beiden genossen still die Momente der Entspannung.

Einer der Händler rief nach dem Bader und murmelte ihm ein paar Worte zu. In Richtung der Tücher sprach er: „Einen so guten Wein kann ich nicht unerwidert lassen, mein Freund. Ich habe mir die Freiheit genommen, ein wenig für Stimmung zu sorgen."

Kurze Zeit darauf kamen zwei Frauen in die Badestube. Sie trugen locker geknotete Tücher um Hüfte und Schulter und das für Frauen obligatorische Gebinde um den Kopf. Mit wiegenden Hüften schritten sie zu den Händlern, lachten und schwatzen dabei. Agnes widmete sich dem Mann, der den Wein mitgebracht hatte. Zwischen Albernheiten und Geplansche halfen sie bei der Körperpflege. Die Haare wurden mit einem engen Kamm von Dreck und Läusen befreit und der Körper wurde mit Seife abgerieben. Das gelegentliche Aufstöhnen ließ darauf schließen, dass die Hände der Hübschlerinnen nicht nur Kopf und Schultern abrieben. Nach einer Weile setzte sich Albrecht in den Gang gegenüber von den Holzwannen. Er hatte seine Laute dabei und lächelte bei dem Anblick der Badenden und ihren Begleiterinnen. Behutsam zupfte er an den Saiten, stimmte sein Instrument und begann mit leisen Melodien, die Gäste zu unterhalten. Er war vom Bader, der auf gute Geschäfte hoffte, für diesen Nachmittag bezahlt worden.

Abwechselnd spielte er die Laute, sang dazu oder blies auf einer einhändigen Schwegelpfeife, wobei er mit der anderen Hand eine kleine Trommel schlug, die an seinem Gürtel hing. Im Laufe der Zeit hatte Albrecht eine hübsche Zahl an Geschichten gesammelt. Sie erzählten von albernen und zotigen Begebenheiten, gehörnten Ehemännern und groben Schwiegermüttern, denen es als Frau mit eindeutigen Bedürfnissen zu entgehen galt.

Agnes lauschte ihm fasziniert. Spielmänner und Musikanten gab es immer wieder, auch in der Roten Blume. Dieser hier war aber ein ziemlich hübscher Kerl mit seinen leicht lockigen, hellen Haaren und er verstand es, die Gäste humorvoll zu unterhalten. Wenn er die Laute griff oder aufstand, um seinen Geschichten etwas mehr Theatralik zu verleihen, konnte sie seinen muskulösen Körper bewundern. Das war kein hagerer Straßenvagabund, er war trainiert und gut genährt. Und es schien, als wisse er um seine Wirkung. Bei der Imitation einer vermeintlich keuschen Jungfer musste sie laut auflachen. Sie warf ihm immer wieder Blicke zu und musste darauf achten, ihren Gast nicht zu vernachlässigen. Was sie jedoch verwunderte, waren seine Reaktionen. Er sah oft ins Publikum, doch reagierte er keineswegs auf sie, wie sie es sonst gewohnt war. Erstaunlich. Das forderte sie heraus. Nach einer Weile sorgte sie lachend und platschend dafür, einen Schwall Wasser abzubekommen. Mit einem albernen Ausruf lächelte sie den Händler an und warf das Tuch von ihren Schultern. Jetzt hockte sie mit nassem und entblößtem Busen hinter ihm. Das war ihrer Erfahrung nach nun wirklich wirkungsvoll. Was der Händler auf der Stelle bestätigte, er drehte sich in der Wanne um und versenkte sein Gesicht grunzend zwischen ihren Brüsten. Lächelnd ließ sie ihn gewähren und warf einen raschen Blick zu Albrecht. Der allerdings zeigte sich wenig berührt. Sein Blick glitt weiterhin sporadisch zu den Badenden, spielte dabei auf der Laute und ließ sich keinerlei Aufregung anmerken, was Agnes nur noch mehr provozierte. Es musste doch möglich sein, ihn aus der Reserve zu locken?

Nach einer Weile stieg sie mitsamt des verbliebenen Stoffes zu ihrem Gast in die Wanne. Der Mann war inzwischen sichtlich erregt und von dieser gunstvollen Behandlung begeistert. Agnes setzte sich auf ihn, jedoch mit dem Gesicht zu Albrecht. Sie schob ihr im Wasser schwebendes Tuch zur Seite und ließ den Händler in sie eindringen. Ihm war es nur wenig möglich, sich in der Position zu bewegen, daher bestimmte sie den Rhythmus und schaukelte langsam auf und ab. Es war durchaus üblich, dass die Huren Besuche im Badehaus machten, und es war keineswegs ungewöhnlich, dass es dabei zu Intimitäten kam. Jedoch waren das in der Regel diskrete Situationen, man benutzte die Hände unter Wasser oder auch den Mund. Für ausschweifende Aktionen gab es die Zimmer in der Roten Blume. In diesem Fall verbargen die Vorhänge sie vor den Blicken der anderen. Mit Ausnahme von Albrecht, der weiterhin lächelnd sein Instrument spielte und unberührt von der Szenerie in die Musik versunken war. Was Agnes ärgerte, denn jetzt sah sie ihn unverwandt an, während sie ihre Bewegungen verstärkte und spürte, dass der Händler sich aufstöhnend in ihr verteilte. Nach einer kurzen Weile stieg sie aus dem Wasser. Das Tuch hing klatschnass an ihr herab und sie war enttäuscht. So wenig Wirkung vom Spielmann kränkte sie geradezu. In einer Bütte neben der Wanne lagen einige Birkenzweige mit frischen Blättern. Sie nahm ein Bündel und begann, den Rücken des Händlers mit leichten Schlägen zu bearbeiten. Zu Anfang schien ihm das zu gefallen, das war eine übliche Methode, den Blutfluss anzuregen, wenn man vom heißen Wasser ermüdet war. „Stop Mädchen, das reicht.“, wurde sie kurze Zeit später unterbrochen. „Du brauchst mir nichts auszutreiben, Herr im Himmel!“

Ohne es zu merken, waren ihre Schläge stets fester geworden. Wie unangenehm, sie hatte sich gehen lassen. Eine leise Entschuldigung murmelnd, streichelte sie den misshandelten Rücken und half dem Händler aus dem Bad. Der schien nicht wirklich ungnädig zu sein, aber sein Vergnügen war damit beendet. Ein wenig half sie ihm noch dabei, sich abzutrocknen, dann legte sie ein durchnässtes Tuch um die Schultern und verschwand aus dem Bad. Im Vorbeigehen konnte sie noch sehen, dass Albrecht ein Grinsen nur mühselig unterdrücken konnte. Was war sie doch für eine alberne Gans. Und was war er für ein arroganter Mistkerl.

In der Roten Blume angekommen, wollte sie sich auf ihr Zimmer begeben, um sich aufzufrischen. Die nassen Sachen würden in der Hitze schnell trocknen, vielleicht setzte sie sich einfach ein wenig im Hof in die Sonne. Hermann kam ihr in der Küche entgegen, unter dem Arm ein Scheffel, gefüllt mit frisch gepflückten Bohnen. Der Schweiß stand ihm auf der Stirn und er summte lächelnd vor sich hin.

„Sag einmal“, sprach sie ihn an. „Der Spielmann, wo kommt der denn unter? Schläft er bei jemandem von uns?“

Etwas in ihrer Stimme ließ ihn aufhorchen. Verschmitzt sah er zu ihr: „Sorgen brauchst du dir da nicht machen, den könnte ich bedenkenlos zu jedem Mädchen ins Bett legen. Da passiert nichts. Möchtest du dein Lager mit ihm teilen?“

Wie blauäugig von ihr, das nicht bemerkt zu haben. Und was ein ärgerlicher Verlust. Da kommt mal ein gutaussehender Kerl, anscheinend ohne Vorurteile in ihre Nähe, und dann war er für Frauen harmlos. In der Roten Blume gab es keine Gelegenheiten, sich einem Mann normal zu nähern. Wer hierher kam, hatte eindeutige Absichten. Im Laufe der Zeit hatte sie etliche Anträge erfahren, wobei sich die Männer letztlich nur erhofften, ihre Dienste dauerhaft und günstiger in Anspruch zu nehmen. Eine normale Beziehung war ausgeschlossen. Geschweige denn eine Hochzeit. Auch wenn sie sich wirklich wünschte, einige Zeit mit einem männlichen Freund, einem Vertrauten zu verbringen. Jemand, der ihr zuhören würde, dem sie sich anvertrauen könnte. Ein Mann, der sie vielleicht einmal nicht nur begierig, sondern zärtlich in den Arm nehmen würde. Sie hatte im Laufe der Jahre stets einen Teil ihres Geldes zur Seite gelegt. Auch wenn sie nicht genau gewusst hätte, wofür sie es hätte ausgeben sollen. Doch die versteckten Groschen in einem ausgehöhlten Holzpfosten an ihrem Bett waren beruhigend. Ein kleines Versprechen, vielleicht eines Tages ein Leben außerhalb des Frauenhauses verbringen zu können. Auch wenn dieser Wunsch töricht war.

Einige Belanglosigkeiten murmelnd ging sie an Hermann vorbei in den Hof. Albrecht konnte nichts für ihre Gereiztheit. Das war ungerecht. Doch trotzdem war sie sauer auf ihn. Das Schicksal hätte ihr ruhig einmal einen so attraktiven Kerl zuspielen können, der sich für sie interessieren würde.

Am frühen Abend, bevor die Gäste in die Schänke kamen, saßen die Frauen und Hermann zusammen, um zu essen und in Ruhe zu reden. Danach, meist mit dem Schlag der Abendglocke, fing die Schankstube an, sich zu füllen. Es kamen vereinzelte Männer oder kleine Gruppen von Handwerkern, die nach dem Tagwerk in Ruhe trinken wollten. Sie waren in der Regel unverheiratet. Zu späterer Stunde fanden sich die verheirateten Männer ein. Meist kamen sie mit Freunden und die Frauen der Roten Blume waren geübt genug zu erkennen, ob aus einem Besucher der Schänke ein zahlungswilliger Kunde für die hinteren Zimmer werden würde. Manche der Frauen hatten regelmäßige, zuverlässig wiederkehrende Gäste. Das war die angenehmste Form, man kannte und vertraute einander, die Vorlieben waren bekannt. Gelegentlich fanden Reisende den Weg hierher.

Zu dieser Stunde war es noch ruhig. Wahrscheinlich war es zu warm, der Tag hatte Bewohner und Besucher der Stadt träge gemacht. Agnes saß mit anderen Frauen an einem langen Tisch im hinteren Bereich der Roten Blume. Auf der Holzplatte standen Körbe mit Brot und eine große Schüssel voller dickflüssiger Suppe. Hermann winkte Albrecht heran. „Komm her, du hast dir das Essen ebenso verdient wie wir alle. Greif zu."

Er nahm einen hölzernen Napf mit Löffel aus einem Regal hinter ihnen und schob es Albrecht zu. Es bedurfte keiner weiteren Aufforderung, denn der Duft von Brot und Suppe hatte das Haus weithin durchdrungen. Er setzte sich schwungvoll auf die Bank gegenüber von Agnes und neben Trude. „Und? Wie war es im Badehaus?", sprach Trude ihn an.

„Feucht", antwortete er grinsend, bevor er den ersten Löffel Suppe genoss. Trude lachte laut.

Agnes kniff ein wenig die Lippen zusammen, ehe sie sprach: „Er hat brav und anständig gespielt."

„Was bei dem Spaß, den eure Gäste hatten, nicht unbedingt einfach war", erwiderte er sanft. Eigentlich hatte er das als Kompliment gemeint, aber an Agnes Gesicht konnte er sehen, dass es nicht so angekommen war.

„Ein klein wenig mehr …“, setzte Agnes an und es war genau zu hören, dass es keine Nettigkeit werden würde,

„…Kühle würde uns allen gut tun“, beendete Trude den Satz etwas lauter. „Sag, hübscher Spielmann, wo hat Meister Hermann dich denn einquartiert? Bei einem der Mädchen?“

Noch bevor Albrecht antworten konnte, legte Rebecca einen Arm von hinten um ihn. Sie war mit einem Krug an den Tisch getreten und hatte den Anwesenden eingeschenkt. „Wie wäre es bei mir? Ich könnte gerne ein wenig zur Seite rücken.“

„Vergiss es, Kleine. Schenk ein und provozier nicht“, fauchte Agnes sie an. Rebecca schob ihre Unterlippe schmollend vor und ging weiter um den Tisch. Albrecht schwieg und stopfte sich einen großen Bissen Brot in den Mund, um nichts sagen zu müssen. Agnes stand etwas polternd auf und stapfte in die hinten liegende Küche. Albrecht warf einen fragenden Blick zu Trude, doch die blickte in ihren Napf und grinste.

8 - Mittwoch, 18. Juli 1342

„Was soll denn das“, beschwerte sich Hanno. „Gib den Krug her.“

„Hey, ich hab das Zeug mitgebracht, also wird ich es auch trinken.“ Oke hob provozierend langsam den Steinkrug und trank in langen Schlucken.

„Eure Streitereien nerven. Und ich hab Durst, reich schon weiter“. Jan streckte fordernd den Arm aus. Die drei jungen Männer gingen im späten Abendlicht spazieren. Sie kannten sich seit ihrer Kindheit und aus jugendlichen Spielereien waren inzwischen seltene, aber umso intensivere Treffen an manchen Abenden geworden.

Oke reichte den Krug endlich weiter. „Von dem hier hat mein Vater grad mehrere Fässer bekommen und eines davon hat er behalten. Das steht jetzt im Eiskeller.“

„Und du hast beschlossen, selbst einmal zu kontrollieren“, sagte Jan. „Mit anderen Worten, du vertraust lieber unserem Urteil als dem deines Vaters.“

„Na ja, letztes Jahr mussten wir einiges an Gewürzen dazurühren, bevor es trinkbar war. Sonst hätten wir das saure Zeug niemals verkaufen können."

„Ein Hoch auf Oke und seinen Vater", sagte Hanno, der den Krug inzwischen in der Hand hielt. „Ohne euch wäre der heutige Abend deutlich trauriger."

Oke griente ein wenig. „Das haben wir auch der Nachlässigkeit unserer Magd zu verdanken. Die hat den Eiskeller aufgelassen."

Die drei jungen Männer schlenderten durch die Gassen Meyborgs. Tagsüber waren sie inzwischen viel beschäftigt, die Zeit der unbeschwerten Jugend war für sie vorbei. Alle drei arbeiteten bei ihren erfolgreichen Vätern. Es wartete also eine geregelte Zukunft auf sie, aber noch standen sie am Anfang ihrer beruflichen Entwicklung. Was bedeutete, dass sie reichlich zu arbeiten, lernen und zu gehorchen hatten. Das machte die Abende, an denen sie sich treffen konnten, selten und umso wertvoller.

„Sieh mal, Jan", meinte Oke. „Da drüben ist dein Onkel."

Sie waren inzwischen an den Rand des Marktplatzes gekommen. Der erste der drei Markttage war vergangen und der Platz war reichlich belebt. In dem umzäunten Bereich standen Karren und Stände dicht an dicht. Fackeln, Laternen und ein größeres Lagerfeuer in der Mitte beleuchteten den Platz. Die erfolgreicheren Händler hatten in der Regel einen Schlafplatz in einem Gasthaus oder einem Handelshof. Die Nachtwache überließen sie ihren Gehilfen. Andere legten sich auf ihre Karren und bewachten damit die Waren. Zusätzlich sorgte gut ein Dutzend Marktwachen für Ruhe und Sicherheit. Während dieser Tage galt der sogenannte Marktfrieden, daher war der Bereich deutlich abgetrennt. Jans Onkel war der Marktvorsteher und es war seine Aufgabe, in dieser Zeit Streitereien zu schlichten und für den Frieden zu sorgen. Was augenscheinlich gerade notwendig war. Zwei auffällig bunt gekleidete Herren stritten sich lautstark miteinander, wobei der eine mit einem Tuchballen herumwedelte. Der Vorsteher stand mit Wachen dabei und redete beruhigend auf die beiden Händler ein. Es war keine Seltenheit, dass ein Verkäufer mit einem eigenen Maß die Menge der Waren bestimmen wollte. Um genau solchen Zwist zu vermeiden, galt offiziell für alle Dinge das Maß der Stadt. Etwas anderes wurde nicht geduldet. Dafür hatte der Rat an der Mauer des Rathauses schon vor Jahren die Länge einer Elle in Stein hauen lassen. Dort waren zusätzlich andere Größen auf diese Art festgehalten worden, wie zum Beispiel der Umfang eines Brotes. Ebenso wurden vom Vorsteher des Marktes genaue Gewichtsmaße aufgehoben und es gab öfter Kontrollen, bei denen die mitgebrachten Gewichte der fremden Händler kontrolliert wurden. Das musste nicht bedeuten, dass ein Verkäufer betrügen wollte, es kam immer wieder vor, dass es unterschiedliche Gewichte aus anderen Städten oder Ländern gab. Nur war das Maß der Stadt entscheidend und wenn man Zwistigkeiten vermeiden wollte, ließ man diese Dinge vorher kontrollieren. Jan winkte seinem Onkel zu. Der blickte kurz zu den Jungen herüber, winkte fahrig zurück und redete weiter auf die Tuchhändler ein.

„Der war auch mal höflicher", bemerkte Oke.

Hanno reichte Jan den Krug. „Deinen Bruder hätte er wahrscheinlich persönlich gegrüßt."

Jan fauchte etwas verbissen: „Aber der ist nun mal tot." Dann nahm er einen tiefen Schluck. „Und sowohl meinem Vater als auch ihm wär das wohl andersrum lieber gewesen."

„Heda", meinte Hanno sachte. „Ist nun mal so. Er war der ältere."

„Nicht nur älter. Ihn wollten sie zum nächsten Ratsmitglied machen und er sollte das Erbe antreten.

Jetzt müssen sie sich mit mir rumplagen." Die Bitterkeit in Jans Stimme war kaum zu überhören.

„Na ja", sagte Oke. „Du bist dazu auch noch deutlich hässlicher."

„Und dümmer", fügte Hanno bei. Dann lachte er laut und stieß Jan freundschaftlich an. „Aber du hast uns."

Etwas versöhnlicher erwiderte Jan: „Es ist schon ein Trost, immerhin seid ihr genauso blöd und hässlich."

Oke hob den Finger und fügte mit altklugem Tonfall hinzu: „Und das, meine Herren, ist keine Selbstverständlichkeit. So hässlich wie wir, muss man erst einmal sein."

Lachend zogen die jungen Männer am Rand des Marktes entlang und leerten den Krug in einem beachtlichen Tempo. Einige bullige Männer hatten eine kleine Fläche mit Seilen abgesperrt und warben lauthals dafür, gegen sie im Boxkampf anzutreten. Dem Gewinner würde ein hübsches Säckchen Silber winken. Einen kleinen Augenblick standen sie an der Absperrung und schauten zu, wie die muskulösen Schläger mit eingeölten Oberkörpern posierten.

„Ist dein Bruder wirklich in einem Kampf gestorben?“, fragte Oke an Jan gewandt.

„Ach Blödsinn“, kam die Antwort. „Nichts mit Kampf, wie kommst du darauf?“

„Das hat meine Mutter erzählt, Getratsche halt. Hätte ich mir denken können. Klang irgendwie nicht nach deinem Bruder.“

„Er hat angefangen, zu husten und Blut zu spucken. Mein Vater hat alle Quacksalber der Umgebung geholt, aber nach zwei Wochen war es dann auch schon vorbei. Nichts mit Kampf.“

„Schluss mit dem alten Kram“, unterbrach Hanno sie. „Was haltet ihr davon, in der Roten Blume was zu trinken und eine Frau für uns zu besorgen?“

„Oh, das ist das Klügste, das ich heute von dir gehört habe, mein Freund“, erwiderte Oke. „Ich bin betrunken und ich bin geil.“

„So sei es“, betont Hanno. „Und unser Jan, der bekommt heute seine erste Frau. Ob er will oder nicht.“

Jan versuchte, sich nichts anmerken zu lassen. Die Vorstellung, einer Frau beizuwohnen, war aufregend und mit einigen Ängsten verbunden. Er war sich nicht sicher, ob er schon dafür bereit war. Anscheinend waren ihm seine Freunde in dieser Hinsicht um ein paar Erfahrungen voraus.

„Er hat die Hosen voll, oder?", bemerkte Hanno nüchtern.

„Lass mal", unterbrach ihn Oke. „Wenn es das erste Mal ist, dann ist das was Besonderes. Du hast doch erzählt, dein Vater hätte dir schon eine Braut ausgesucht? Dann solltest du auf jeden Fall wissen, was du verlangen kannst."

Noch ein unangenehmes Thema für Jan. Irgendwie hatten seine Freunde ein Gespür für solche Sachen. Sein Vater hatte tatsächlich eine Braut ausgesucht. Nach dem Tod seines Bruders keimte in ihm die Hoffnung, auch bei der Brautwahl an seine Stelle zu rücken. Doch die damals erwählte Braut seines Bruders war nicht für ihn bestimmt. Seinen Vater hätte er dazu bewegen können, aber der Brautvater hätte einen Rückzieher gemacht. Der schmächtige, jüngere Bruder war mit Sicherheit keine so attraktive Partie.

„Eine Braut für unseren Jan?" Hanno stieß ihn an. „Die Tochter vom Wagner, oder?"

Zustimmend brummte Jan. Die Tochter vom Wagner, genau. Ein weder hübsches noch sonderlich auffallendes Mädchen. Er hatte nur genickt, als sein Vater ihm vom Arrangement erzählte. Die Hochzeit solle in ein oder zwei Jahren sein, wenn sie alt genug wäre. Jan hatte sich vorgenommen, nicht so lange zu warten mit der Frauensache. Aber von seinen Freunden genötigt zu werden, das hatte er sich nicht vorgestellt.

„Scheinst keine Lust darauf zu haben, oder?“ Oke legte ihm die Hand auf die Schulter. „Sei doch froh, mein Vater sucht mir mit Sicherheit das dümmste Huhn im Stall aus. Hauptsache, sie bringt Geld mit.“

„Sei wirklich froh“, sagte Hanno. „Dumm ist noch in Ordnung, ich bekomme sicher hässlich.“

„Wie glücklich ich doch sein kann“, seufzte Jan. „Ich bekomme beides.“

Mit Gelächter zogen sie weiter durch die Straßen. Der viele Wein forderte sein Recht und alle drei stellten sich in einer kleinen Gasse an die Wand, um ihre Notdurft zu verrichten. Sie waren nur noch wenige Schritte von der Roten Blume entfernt. „Sieh mal“, flüsterte Oke. Ein Mädchen schickte sich an, die kleine Gasse zu betreten. Die Freunde hatte sie anscheinend nicht bemerkt. Ihr Kopfgebinde war kleiner und als Zeichen ihres Standes mit einem hübschen Blumenkranz verziert. Sie zeigte sich damit als heiratswillige Frau. Mochten auch manche Frauen Blumen als Kopfschmuck tragen, war der Blumenkranz doch in der Regel den Jungfern vorbehalten.

Hanno hielt den Arm vor seine Freunde und legte einen Finger auf den Mund. Nachdem sie an ihnen vorbeigegangen war, trat er hinter sie.

„Heda, schöne Maid.“ Das Mädchen zuckte sichtlich erschrocken zusammen.

Sie hob ihren Kittelsaum an, um schneller zu gehen, aber Oke trat ihr in den Weg. „Wie unvorsichtig, so alleine auf den Straßen zu gehen, wo es doch schon so dunkel ist.“ Sie senkte den Blick und versuchte, an ihm vorbei zu kommen, doch er versperrte weiter den Durchgang. „Oh Jungfer, wir beschützen dich und fordern dafür nur eine kleine Belohnung.“

Jan blieb stehen. So forsch und so frech wie seine Freunde konnte er nicht sein, wollte er nicht sein. Die beiden fuhren fort, das Mädchen zu drangsalieren. Als sie erneut versuchte, an Oke vorbeizukommen, griff er sie kurzerhand, beugte ihren Oberkörper nach unten und klemmte ihren Kopf grob unter seinen Arm. Ihre ängstlichen Rufe klangen nur erstickt durch den Stoff seines Kittels. „Wie überaus erfreulich, uns so zu belohnen.“ Hanno trat an ihre Rückseite. „Sie bietet ihren Arsch an. Komm her, Jan.“ Dabei hob er ihre Kleider weit über ihren Rücken. Ihr blanker Po erregte

Jan, obwohl ihn die Rohheit seiner Freunde erschreckte. Es wäre ihm nicht in den Sinn gekommen, sich eine Frau mit Gewalt zu nehmen. Er stand weiterhin stumm da und konnte den Blick nicht von ihrem Hinterteil wenden. Sicher wusste er, wie Frauen nackt aussahen, aber diese Situation war etwas anderes. Sie zappelte und versuchte, sich der Umklammerung zu entziehen. Mit den Armen schlug sie gegen Oke, doch dessen Griff war fest und grob.

„Na komm her, Jan. Sie ist sicher schon nass wie eine rossige Stute.“ Hanno hielt eine ihrer Pobacken fest und schob seine Finger der anderen Hand zwischen ihre Beine. „Trau dich, sie ist ber…“

Ein plötzliches Krachen unterbrach ihn. Oke fiel wie ein Sack zur Seite. Hinter ihm stand ein Mann, bewaffnet mit einem großen Knüppel. Das Mädchen sank hustend zu Boden. Oke musste sie halb erstickt haben.

„Na komm, Kleiner“, sprach der blonde Mann Hanno an, während er weiter den Knüppel schwang. Der Angesprochene hob tatsächlich die Fäuste und ging zum Angriff über. Dumme Idee, dachte Jan. Er beschloss, seinem Freund zu helfen, bevor er noch erschlagen wurde. Er zog einen kurzen Dolch aus dem Gürtel und sprang auf den Blonden zu. Die Überraschung gelang ihm teilweise. Er spürte, wie Stoff zerschnitt und die schmale Klinge in den Arm drang. Rasch sprang er zurück, für einen wirklichen Kampf fühlte er sich nicht gewappnet. Oke rappelte sich benommen auf und so standen sie zu dritt nebeneinander. Der Mann schien zu wissen, wie man einen Knüppel benutzte. Er fuhr damit abwehrend durch die Luft, die blutende Wunde am Arm ignorierend. „Gute Attacke“, lobte er Jan. „Dachte, du bleibst stehen. Der nächste von euch, der einen Schritt näher macht, hat allerdings seinen letzten Sommerabend erlebt.“ Entschlossen trat er auf sie zu.

Wie auf einen Befehl machten alle drei kehrt und rannten davon.

„Herr im Himmel, wen schleppst du denn da“, rief Trude. Albrecht kam mit dem Mädchen über der Schulter in den Hof des Frauenhauses. Der Überfall hatte nur eine Straße weiter stattgefunden. „Und du blutest! Ist sie tot? Was hast du gemacht?“

Er legte die Jungfer sanft auf den Boden. „Sie ist nur ohnmächtig. Drei Burschen haben versucht, sie zu ... Du weißt schon.“

Eine junge Frau kam aus dem Hinterausgang der Schänke und stieß einen Kiekser aus. Dabei hielt sie die Hände vor den Mund.

„Heul nicht, Edna. Hol Agnes", rief Trude. „Und bring Essig mit." Die Angesprochene zuckte kurz, rannte dann aber eilends davon. Trude untersuchte das Mädchen. Albrecht bettete ihren Kopf auf ein Bündel Stroh. „Es geht ihr gut, wie es scheint." Kurz hob Trude den Rock und warf einen Blick darunter. „Hast Glück gehabt, Kleines", murmelte sie leise.

Edna kam mit Agnes und einem Krug zurück. „Kümmer du dich um den Spielmann, wir versorgen die Jungfer", sprach Trude sie an. Dann hielten sie dem Mädchen den Krug mit Essig unter die Nase.

Agnes führte Albrecht weg und dirigierte ihn zu einem Holzklotz. „Setz dich. Das sieht arg aus."

„Ach was", murmelte er. Als sie allerdings auf die Wunde drückte, entfuhr ihm doch ein Stöhnen.

„Ach was, ach was", fauchte sie leise, aber nicht unfreundlich. „Ich versteh diesen Heldenkram nicht. Wenn was weh tut, kann man es doch sagen." Dabei fing sie an, seine Wunde zu versorgen. In ihrer Kitteltasche hatte sie Stoffreste und ein Bündel an Kräutern mitgebracht, womit sie einen recht passablen Verband improvisierte.

„Hätte ich geheult, wäre sie jetzt nicht hier“, erwiderte er. „Manchmal ist eben die Zeit, die Keule zu schwingen.“

„Ja, Keule schwingen, das könnt ihr“, murrte sie. „Aber in dem Fall sollte ich dir wirklich dankbar sein. Oder besser gesagt, das Mädchen sollte das.“

Albrecht sah zu ihr herüber. Sie hatte sich aufgerichtet und weinte leise, während die beiden Frauen tröstend auf sie einredeten. Er überlegte, ob er ebenfalls zu ihr gehen sollte, als Agnes seine Gedanken las und sagte: „Nein, lass. Kein Kerl jetzt.“

Er nickte. „Ob die Jungs es geschafft haben oder nicht, spielt wohl keine große Rolle, oder?“

„Oh, und ob das eine Rolle spielt“, erwiderte Agnes etwas schärfer. „Ich weiß, was du denkst, aber das kannst du nicht verstehen.“ Sie zog den Verband etwas ruppiger als notwendig fest.

„Au!“

„Verzeih. Weißt du, von dem Schreck wird sie sich erholen. Aber wenn die Kerle… also wenn sie keine Jungfer mehr wäre und ihre Eltern davon erführen, ihr Leben wäre ruiniert. Für immer. Keine brave Heirat, kein Leben als angesehene Bürgerin. Sie könnte als niedere Magd oder bei uns arbeiten.“

Albrechts Augen wurden größer. „Nur weil sie… Sie kann doch nichts dafür.“

„Als ob das eine Rolle spielt.“ Jetzt hielt sie seinen Arm deutlich sanfter und wischte das Blut mit den verbliebenen Blättern ab. Albrecht verstand langsam. Ginge er sofort los und würde den Fall den Stadtwachen melden, würde er den Schaden immens vergrößern. Und der jungen Frau würde die Schande anhaften, selbst wenn es nur der missglückte Versuch von einigen Idioten war.

„Dann sollten wir wohl alle den Mund halten.“ Es widerstrebte ihm zutiefst, aber es war wahrscheinlich die beste Lösung.

„Ja, vor allem sie“, meinte Agnes. „Ich vermute mal, Trude wird sie heim geleiten und irgendetwas von einem harmlosen Unfall erzählen.“

„Um edel zu empfinden, lasst Scham nicht aus der Seele schwinden.“ Sie schaute ihn verwundert an. „Hab ich von einem anderen Spielmann“, murmelte er. „Die Kleine hat trotz allem Glück gehabt, dass sie von euch Hilfe bekommt.“

Agnes nickte. „Dein Eingreifen nicht zu vergessen.“

„Das war nur Zufall. Hätte auch anders laufen können.“ Dann verfinsterte sich sein Blick. „Aber es kotzt mich an, dass die drei Kerle ungestraft davonkommen“, fuhr er wütend auf.

„Das waren junge Kerle, sagtest du?“ Er nickte nur.

„Das Problem ist, dass sie nicht wissen, wo sie ihre Triebe entladen können“, sagte sie leise. „Sobald die Natur sich bei ihnen regt und sie ständig von herumbumsenden Erwachsenen umgeben sind, staut sich das bei ihnen auf. Die Kirche sagt, sie dürfen nicht, nicht einmal mit der Hand an sich selbst. Und eine Frau vor der Ehe, oh nein, das darf schon gar nicht sein.“

„Also kommen sie zu euch?“

„Schön wär's ja. Wenn sie nicht genug Geld haben oder sich nicht trauen, kommen sie auf die dümmsten Gedanken. Nur gibt es einen Unterschied zwischen jungen Kerlen, die nicht wissen, wohin mit ihrer Lust und den jungen Kerlen, die eine Frau schänden. Letztere brauchen keine Ausrede. Die sind vielleicht von Geburt an verdorben. Und Erstere erleichtern sich einfach selbst, trotz aller Verbote. Ich hab nur Angst vor denen, die sich gegenseitig hochschaukeln und dann doch Grenzen überschreiten. Dann wollen sie sich und den Freunden etwas beweisen. Mir wäre es lieber, sie würden Schafe bumsen, statt irgendwelche Jungfern zu überwältigen."

Albrecht verzog das Gesicht zu einem schiefen Grinsen. „Wo du Schaf sagst, ist das Basilikum auf meinem Arm?"

Sie grinste. „Eins der Dinge, die bei kleinen Wunden helfen. Riecht gut, oder?"

„Kleine Wunde?" Er verzog schmollend den Mund. „Klaffende Wunde bis auf den Knochen herunter! Und habe ich gesagt, es waren drei Jungs? Sechs ausgewachsene Kerle waren das, nein, mehr! Ein ganzer Trupp. Bis auf die Zähne bewaffnet."

Sie lachte und half ihm auf. „Oh du Held. Hunde waren sicher auch dabei, nicht wahr?"

„Tollwütige Bestien, mit leuchtenden Augen. Aus ihren Mündern troff der giftige…."

Agnes genoss das Gespräch. Sie hätte sich mehr Zeit gewünscht, mit Albrecht zu sprechen und zu albern. Doch jetzt war die Rote Blume gut besucht und eine längere Pause war nicht möglich. Sie strich mit einer sanften Geste über seinen Arm und deutete in Richtung des Hauses.

„Jaja", meinte sie fröhlich. „Spar dir das für die Gäste auf, denen darfst du gerne Rittergeschichten erzählen. Ich hoffe, du kannst deine Laute spielen mit diesem halb abgetrennten Arm." Lachend führte sie ihn in die Schankstube.

9 - Donnerstag, 19. Juli 1342

Die heißeste Zeit des Tages hatte Wentzel im Schatten der Bäume in Flussnähe verbracht. Gegen Abend begann er, durch die Stadt zu wandern. Es ärgerte ihn, bisher so träge gewesen zu sein, und er lenkte seine Schritte in Richtung des Frauenhauses. Das Gespräch mit dem Fremden namens Johannes ging ihm nicht mehr aus dem Kopf. Obwohl es ihn stark danach drängte, etwas zu tun, waren die Argumente sinnvoll. Übereiltes Handeln würde zu nichts führen. Nach einer Weile erreichte er die Gasse, in der die Rote Blume lag. Die Abendglocke hatte vor einiger Zeit geschlagen und die Straßen waren voll mit Menschen, die sich in der Abendkühle herumtrieben. Aus dem Schankraum drang fröhlicher Lärm nach außen. Wentzel lehnte sich an eine Hauswand und beobachtete das Treiben. Wieder spielte er mit dem Gedanken, in der Nacht Feuer an das Haus zu legen und der Sünde mit Gottes Zorn zu begegnen. Doch das wäre ein hohes Risiko für unbeteiligte Menschen. Ein Feuer in der Stadt konnte in dieser Trockenheit nur allzu leicht auf andere Gebäude überspringen. Die Dämmerung brach herein. Männer betraten und verließen die Schänke. In den Fenstern neben dem Eingang saßen zwei der Freudenmädchen und kokettierten ungeniert mit ihren Reizen, sprachen die vorübergehenden Männer an. Manche wandten sich verlegen ab und andere plauderten lachend mit ihnen. Eine sündhafte Dreistigkeit, die Wentzel wütend machte. Körperliche Liebe hatte ihren Platz. In der Ehe, hinter verschlossenen Türen und letztlich nur zum Zwecke der Vermehrung. Alles darüber hinaus war Versuchung und nicht in Gottes Sinne. Er hatte nachgedacht, ob diese Form der Körperlichkeit in der Ehe zügellos ausgelebt werden dürfte. Er wusste um die Stärke des Triebs. Insbesondere in jungen Jahren. Darüber hinwegzusehen, fiel ihm nicht schwer, doch das war genau der Unterschied zum Tier. Oder nicht? Beherrschung aller Gelüste sollte die Aufgabe eines jeden Christen sein. Die Kirche hatte ihren Geistlichen die Ehe untersagt. Offiziell müssten Priester, Bischöfe, Mönche und alle anderen ihr Leben nur Gottes Werk weihen. Der Trieb würde dabei nur ablenken und die Reinheit des Geistes trüben. Inoffiziell hatte Wentzel öfter Gerede darüber gehört, dass der Grund für ein Eheverbot viel banaler war. Durch Ehen, Erbschaften und uneheliche Kinder ginge Geld an weltliche Besitzer verloren. Nach dem Tod eines ungebundenen kirchlichen Würdenträgers fiel sein Besitz an die Kirche. Und die hatte einen schier unstillbaren Hunger nach Land und Geld.

Das Zölibat war für Wentzel eine selbstverständliche Sache. Er begrüßte, dass es für Frauen und Männer der Kirche galt. Doch daran hielten sich viel zu wenige. Bischöfe erlaubten sich Mätressen und selbst Priester zeugten ungeniert Kinder. Gerade Päpste führten kaum ein vorbildliches Leben, wenn man den vielen Geschichten glaubte. Während er diesen Gedanken nachhing, sah er jemanden, der eine junge Frau vorsichtig über die Straße trug. Der Mann trat durch eine Pforte in der Gartenmauer des Frauenhauses. Neugierig schlich sich Wentzel an den Garten heran und spähte durch einen Spalt an der hölzernen Pforte. Ihm schossen mehrere Ideen durch den Kopf, die eher albern klangen. Entführte hier jemand eine Jungfer in das Hurenhaus? Brachte jemand sein unwilliges Weib, um ihr eine Lektion zu verpassen? Hatte ein Freier sein Liebesspiel übertrieben?

Durch die Lücke in der Pforte konnte er Frauen und den Mann schemenhaft erkennen, doch es war nicht zu verstehen, was sie redeten. Eine Magd schien eine Wunde am Arm des Mannes zu versorgen, eine andere kümmerte sich fürsorglich um die Jungfer, die eben wieder zu Bewusstsein kam. Das sah nicht nach einer Gewalttat aus. Eine Weile später gingen das Mädchen und eine ältere Dirne auf die Gartenpforte zu, vor der Wentzel stand. Er versteckte sich schnell hinter einem Gebüsch im Dunkeln. Die beiden gingen in Richtung der Straße und er folgte ihnen, wobei er sich reichlich albern vorkam. Nach einer Weile bogen sie in eine Seitengasse mit hölzernen Häusern, in denen recht einfache Familien wohnten. Hinter einer Hausecke konnte er beobachten, wie eine Frau, vermutlich die Mutter, die Tür öffnete. Sie nahm die Maid in den Arm und musterte sie eindringlich. Dann redete sie mit der älteren Dirne, die die Situation zu erklären schien. Schlussendlich bedankte sich die Mutter freundlich und führte ihre Tochter in das Haus.

Wentzel konnte nicht wissen, was genau vorgefallen war, doch bei aller Abneigung den Huren gegenüber, schien dies eher ein Akt der Nächstenliebe gewesen zu sein. Nichts, das man gegen das Frauenhaus verwenden könnte. Ihm war bewusst, dass die Arbeit der Huren von Jesus nicht als unverzeihliche Sünde gesehen worden war, wenn man nach der Geschichte der Maria Magdalena ging. Doch es gehörte in seinen Augen schon einiges mehr dazu als die Beendigung des sündigen Lebens einer Hure. Er wusste nicht, wie am

Ende des Lebens über Huren oder Hurenböcke gerichtet werden würde. Könnte man sich von seinen Sünden befreien, indem man von irgendeinem Zeitpunkt ab ein redliches und in jedem Sinne gottgefälliges Leben führte? Oder musste man über das normale Maß hinaus demütig und barmherzig sein, um diese Fehltritte zu kompensieren? Seiner Erfahrung nach mochte niemand so recht auf seine Sünden verzichten. Es gab Ausnahmen, ja. Ein paar wenige Geschöpfe, die ein einfaches, Gott zugewandtes Leben führten. Die mildtätig waren, barmherzig handelten und auf sündhaftes Verhalten verzichteten. Doch das war selten. Die meisten Menschen, denen Wentzel begegnet war, heuchelten, gaben vor, brave Christen zu sein und soffen, hurten und fraßen, sobald sie sich unbeobachtet fühlten. Ganz zu schweigen von denen, die bewusst gegen alle Regeln verstießen, indem sie raubten, mordeten und schändeten. Von diesen gab es mehr als genug und vermutlich war es nahezu unmöglich, dort mit einer Predigt etwas zu ändern. Wer es sich leisten konnte, erleichterte sein Gewissen mit Spenden, Ablass oder anderen Zuwendungen. In Wentzels Augen hatte dies keinen Wert.

Bei den einfachen Bürgern der Stadt müsste ein heilsamer Schreck doch etwas ändern? Besser als eine feurige Predigt. Nachhaltiger als bis zur nächsten Mahlzeit. Aber was konnte er machen? Stumpfsinnig ein Feuer legen war kein guter Weg. Symbolisch einen Hurenbock bestrafen, ihn vorführen? Das würde vermutlich nur Sympathien erzeugen. Also musste man die Huren züchtigen. Ihre lasterhafte Arbeit ans Licht zerren, sie unnachgiebig schuldig sprechen und allen vor Augen führen, welch unglaublich niederes Wesen ein solches Weib war, die allein durch ihr Aussehen zur Sünde verführt. In diesen Gedanken versunken, schlenderte er durch die dunklen Straßen der Stadt. Im Laufe seines Lebens hatte er sich angewöhnt, mit einem Auge Ausschau nach Plätzen zu halten, an denen er schlafen konnte. Es war leichter, in der Stadt an eine Mahlzeit zu kommen als in der Natur. Aber es war schwerer, einen ruhigen und halbwegs sauberen Platz in der Nacht zu finden. Hunde und andere Viecher hinterließen eine Menge Unrat und Ratten konnten je nach Stadtteil eine echte Plage sein. Es wurde später, vermutlich war es vor Mitternacht. Doch Wentzel wurde müder, es war Zeit, sich eine passende Nische zu suchen, um zur Ruhe zu kommen. Nach einer Weile entdeckte er eine Treppe zu einem etwas höher gelegenen Eingang. Daneben würde er sich gut hinkauern können. Der Boden war leidlich sauber, ein wenig Gras würde es weicher machen. Seufzend lehnte er sich gegen die Wand. Im kargen Licht der umliegenden Fenster betrachtete er die Häuser auf der anderen Seite der Gasse. Wahrscheinlich lebten hier keine Handwerker, eher Menschen, die bei Kaufleuten arbeiteten. So musste er nicht allzu früh aufstehen, um nicht vertrieben zu werden. Kurz bevor er die Augen schloss, fiel ihm ein Kreidezeichen an der gegenüberliegenden Tür auf. Es dauerte eine Weile, bis er erkannte, was das war. Er erinnerte sich an das Zeichen, das Johannes in den Staub gekratzt hatte. Hier würde er Hilfe bekommen, hatte er gesagt. Wo das Zeichen sei, würde er gleichgesinnte Menschen treffen. Schlagartig war Wentzel wieder wach. Hinter den Fensterläden war noch Licht, sollte er es wagen? Um eine Schlafstatt im trockenen Stroh bitten? Einen Moment zögerte er, fasste sich ein Herz und klopfte an die Tür. Es dauerte eine Weile, bis ein älterer Mann öffnete. Er trug eine schwarze Haube und einen ebenso dunklen Kittel. In der Hand hielt er eine tönerne Öllampe. Mit leicht zusammengekniffenen Augen musterte er Wentzel. Anscheinend war es um sein Augenlicht nicht mehr allzu gut bestellt. „Ja?“, lautete die knappe Begrüßung.

Wentzel war selten um Worte verlegen, doch in diesem Moment wusste er nicht so recht, was zu sagen war. Es war spät und er hatte bis auf ein Zeichen neben der Tür keinerlei Grund anzuklopfen. „Ich bitte um Verzeihung, das, ehm, Kreidezeichen hier…“ Dabei wies er mit einem Finger auf die Stelle neben dem Rahmen.

„Ah, jemand vom Orden.“ Der alte Herr trat zur Seite. „Bitte, tretet ein.“

Er erstaunte. Der Hinweis auf das Zeichen genügte? Nachdem die Tür geschlossen worden war, reichte der Mann ihm die Hand. In diesem Augenblick erinnerte sich Wentzel an das Gespräch mit Johannes. Kurz überlegte er, dann nahm er die dargebotene Hand und schüttelte sie. Dabei achtete er darauf, den kleinen Finger in die Handfläche zu legen. Wie er spüren konnte, machte der ältere Herr es genauso. „Gut, also seid herzlich willkommen.“ Der alte Mann deutete ein flüchtiges Lächeln an. „Ich habe ein Zimmer für Euch, wenn Ihr einen Schlafplatz sucht. Es ist nicht viel, was ich tun kann. Bin alt geworden. Doch einem Bruder helfe ich, wo ich kann. Habt Ihr Hunger?“

Wentzel versuchte, sein Erstaunen zu verbergen. „Das Nachtlager nehme ich gerne in Anspruch. Es ist spät, ich möchte Euch sonst nicht weiter behelligen.“

Er schlief in einer kleinen Kammer unter dem Dach. Karg eingerichtet, doch das Bett war bequemer als alles, was er in den letzten Monaten zur Verfügung gehabt hatte. Er stand früh auf, lauschte dem ersten Treiben auf den Straßen. Im Haus waren keine Geräusche zu hören, daher setzte sich Wentzel auf das Bett und sprach mit geschlossenen Augen ein paar Gebete. Sein Geist entspannte sich dabei stets und er empfand die innere Ruhe als wohltuend. Gedanken schlichen durch seinen Kopf, doch er versuchte, sie zu ignorieren. Diese Kontemplation half ihm, seine innere Ruhe zu finden.

Als er Schritte und Gerumpel im Stockwerk unter sich vernahm, ging er ebenfalls die Treppen hinab. In einer kleinen Küche stand eine beleibte Frau und fachte den Herd an. Sie blickte kurz auf und wies auf einen Schemel am Tisch. „Setzt Euch. Es gibt gleich etwas zu essen." Sie deutete durch das Fenster in einen kleinen Hofgarten. „Wenn Ihr Euch frisch machen wollt, da ist Wasser."

Wentzel ging durch eine kleine Tür nach draußen. Der Garten bestand aus einem länglichen und schmalen Wiesenstück. Es schien, als hätte jedes der Häuser in dieser Straße ein bescheidenes Stückchen Land. In kleinen Beeten wuchs verschiedenes Gemüse und ein wackeliger Zaun aus Stöcken trennte die Gärten voneinander. Am Ende befand sich ein hölzerner Abort, der mit Büschen umwachsen war. Direkt neben dem Eingang war ein klappriges Tischchen, auf dem eine Keramikschüssel stand. Davor stand ein Eimer mit

Wasser. Vermutlich hatte die Frau schon früh zum Sonnenaufgang den Bottich am nächstgelegenen Brunnen gefüllt. Wentzel bekam ein schlechtes Gewissen. Er hätte sich anbieten sollen, das Wasser zu holen. Die Eimer sind für ein älteres Weib mit Sicherheit schwer zu tragen. Er erleichterte sich im Abort und wusch sich gründlich an der Schüssel. Ein kleines Stück Seife lag daneben, keine Seltenheit, aber nicht unbedingt selbstverständlich. Das gebrauchte Wasser kippte er in einen Strauch. Der ganze Garten sah aus, als hätte er etwas mehr Feuchtigkeit nötig. Danach begab er sich wieder in die Küche.

Der ältere Herr saß inzwischen am Tisch. Vor ihm stand ein tönerner Becher mit dampfendem Tee. Die Frau war nicht mehr anwesend. Ein weiterer Becher wartete auf dem Tisch und der Herr wies auf den Platz. „Wir haben uns zu der späten Stunde noch nicht vorgestellt. Anton, Anton Wesenborg ist mein Name."

„Es ist mir eine Ehre." Wentzel deutete eine kleine Verbeugung an. „Ich möchte mich noch einmal für Eure Gastfreundschaft bedanken. Nennt mich Wentzel."

„Nichts zu danken, Wentzel", erwiderte Anton. „Ich stehe jederzeit zur Hilfe bereit für die Bruderschaft.

Nun nehmt vom Brot und der Butter. Beides ist frisch und schmeckt wunderbar."

Jetzt erst bemerkte Wentzel die Schalen auf dem Tisch. Da sein Gastgeber anfing zu essen, langte er ebenfalls zu. „Ich bitte um Verzeihung. Die Sache mit dem Orden, also …"

„Ja?"

„Das ist für mich neu, ich weiß so gut wie nichts darüber."

Wesenborg neigte den Kopf ein wenig zur Seite und sah ihn nachdenklich an. „Irgendjemand scheint der Meinung zu sein, dass Ihr es wert seid, ein Mitglied zu sein. Und dieser Jemand hat Euch eingeweiht." Nach einer kleinen Pause, in der er Wentzel eindringlich musterte, fuhr er fort: „Ich sehe Potential in Euch, Ihr seid jung, wachsam und Ihr folgt Gottes Wort. Und ebenso zweifelt Ihr an der Effizienz seiner weltlichen Vertreter. Mehr muss ich eigentlich nicht wissen."

„Orden, also wie ist das gemeint?", fragte Wentzel vorsichtig.

„Ah, ja, verstehe." Der alte Mann wiegte ein wenig den Kopf. „Keine äußere Form. Kein Gelöbnis oder Gewänder. Nichts desgleichen. Nur eine gemeinsame Absicht. Wir nennen uns Tenebris Ordo. Dieser Name wird nirgends geschrieben stehen. In keinem

Buch, an keiner Wand. Höchstens findet Ihr hie und da ein Kreidezeichen."

Tenebris Ordo. Wenn er sich recht erinnerte, bedeutete das so viel wie die dunkle Ordnung. Oder Ordnung in der Dunkelheit? Jedenfalls ein passender Name. Eine Gruppe von gottesfürchtigen Männern, die aus der Dunkelheit heraus Ordnung schaffen wollen.

„Seht nicht allzu sehr nach Äußerlichkeiten", fuhr Herr Wesenborg fort. „Wir leisten manchmal nur kleine Beiträge. An anderen Tagen beeinflussen wir das Weltgeschehen. Ganz nach unseren Möglichkeiten. Für uns gilt nur das Wort Gottes als letzte Instanz."

„Das, also das dürfte Schwierigkeiten bereiten", entgegnete Wentzel überrascht.

„Ja", sagte der Mann vergnügt. „Manchmal ist das der Sinn der Sache. Verwechselt nur nicht Eifer mit Dummheit. Niemand hat etwas davon, wenn Ihr aus lauter Kompromisslosigkeit im Kerker landet. Das große Werk Gottes wird nicht von selbstverliebten Fanatikern erbaut."

Dieses Gespräch hatte er schon mit Johannes geführt. Sei nicht selbstverliebt, sei vorsichtig. Wüte nicht blindlings, manchmal erreicht man mehr mit Zurückhaltung, ein anderes Mal mit Feuer. Das verstand er. Es war unglaublich wohltuend, mit jemandem zu reden, der gleichgesinnt schien.

Sie kauten eine Weile auf dem frischen Brot, ehe Herr Wesenborg fortfuhr: „Nehmt mich als Beispiel. Ich bin seit Jahren Schreiber im Rathaus. Ich habe die Gründung der Stadt miterlebt, habe gesehen, wie Habgier und Sittenlosigkeit unaufhaltsam ein Teil von Meyborg geworden sind. Früher hat das eine fast unerträgliche Wut in mir hochkommen lassen. Ich dachte, ich könnte einfach nichts daran ändern. Bis ich eines Tages angesprochen worden bin. Vermutlich wie Ihr, junger Mann. Seitdem bescheide ich mich. Nutze meine Stellung als Schreiber. Mal kann ich Informationen sammeln, ein anderes Mal kann ich Schriftstücke ein klein wenig ändern. Das erscheint gering. Doch ich bin nicht alleine. Von Mal zu Mal sind Mitglieder des Ordens in der Meyborg zu Gast. Auch wenn ich nicht annehme, dass der Propst Teil von uns ist. Eventuell tauschen wir dann ein paar Worte, begegnen uns mehr oder weniger zufällig in der Stadt. Und so werden mit meiner Hilfe große und kleine Dinge in Gange gesetzt. Oder verhindert."

Wentzel konnte nicht anders, als den unscheinbaren Mann zutiefst zu bewundern. Ein bescheidener Diener Gottes, der sein Werk still verrichtet. Nicht darauf aus, gelobt zu werden oder berühmt sein zu wollen. Nur stets bereit, für die eigene Überzeugung einzustehen. Und das Gesetz Gottes über das weltliche Gericht zu stellen. „Wie viele …“, begann Wentzel zögerlich.

„Ja, die Frage stellt man sich unweigerlich“, erwiderte der alte Mann. „Ich habe nur eine Antwort: Das weiß Gott allein. Wir halten keine regelmäßigen Versammlungen oder desgleichen. Das wäre töricht. Doch ich vermute, es sind ein paar Dutzend Männer, wenn nicht mehr.“

Wieder polterten viele Fragen durch seinen Kopf. Die meisten davon beantworteten sich selbst. Es war natürlich sicherer, wenn man nur wenige Angehörige kannte. Sollte jemand bei einer Straftat erwischt werden, bedeutete das keine große Gefahr für den Orden. Man blieb in der Dunkelheit, wirkte im Verborgenen. Es gab keine Regeln, nur das Wort Gottes, was im Grunde Kodex genug war.

Nach einer Weile beschloss Wentzel, die Gastfreundschaft nicht weiter zu strapazieren und brach auf. Auch wenn Wesenborg ihm versicherte, stets einen Platz für ihn zu haben, war er sich sicher, dieses Angebot nur genügsam in Anspruch nehmen zu wollen. Er verabschiedete sich und ging wieder durch die Straßen der Stadt. Diesmal mit der beruhigenden Gewissheit, nicht mehr allein zu sein.

10 - Donnerstag, 19. Juli 1342

Es war der letzte Markttag und wie es schien, war die Stadt vollauf beschäftigt, Geschäfte zu tätigen und sich für die Abreise der vielen Händler vorzubereiten. Manche von ihnen würden die Nacht über bleiben und am Morgen aufbrechen. Daher war zu erwarten, dass die Rote Blume und das Badehaus regen Besuch haben würden.

Doch noch war es ruhig. Die Nachmittagshitze lag wie eine drückende Last auf allen Dingen und wer konnte, suchte sich Betätigung im Schatten oder ruhte sich kurz aus. Nur ein unterdrückter Schrei aus dem ersten Stock des Frauenhauses unterbrach die Lethargie. Für vorbeigehende Passanten war das keine aufregende Sache, schließlich war das etwas, das in einem Hurenhaus nicht erstaunte. Nur war es kein Schrei der Lust, nicht einmal ein vorgetäuschter, es waren Schmerzen, die eine Frau hatten laut aufschreien lassen. In einem der oberen Zimmer lag sie in einem Strohbett und wand sich. Neben ihr standen Trude und Agnes mit besorgten Mienen. Mit einem Stofflappen wischten sie das Gesicht der gequälten Frau immer wieder ab, um ihr Linderung und Erfrischung zu verschaffen.

„Das ist zu früh, oder?“, sagte Agnes eben.

„Ein paar Wochen“, erwiderte die angesprochene Trude leise.

Im Laufe der Jahre war Trude durch ihre Art und ihr Alter zu einer Mutterfigur für die jüngeren Frauen geworden. Ihr vertraute man sich gerne an und sie vermittelte bei Streitereien. War Meister Hermann nicht anwesend, verteilte sie die Aufgaben, die im Haus erledigt werden mussten. Und bei einigen Fragen war es den jüngeren Frauen lieber, sich einer Frau anzuvertrauen. Anna, die Frau im Bett, war nicht die erste Gebärende, die von Trude betreut wurde. Frauen wurden schwanger, selbst wenn man noch so sorgfältig darauf achtete. An den fruchtbaren Tagen und während ihrer Blutungen arbeiteten sie in der Schänke und nahmen keine Besuche mit auf ihre Zimmer. Das Frauenhaus war nicht einmal der schlechteste Ort für Schwangerschaften. Die Kinder, die hier zur Welt kamen, hatten kein schlimmes Leben. Das wusste Agnes aus eigener Erfahrung. Dennoch war das hier nicht der Gang der Dinge, wie man es sich wünschte. Trude hatte Agnes um Hilfe gebeten. Normalerweise hätte eine der alten Huren bei der Entbindung geholfen, doch sie befand, dass es an der Zeit war, Agnes mehr zu fördern. Wenn sie auch keine feste Hierarchie unter den Frauen hatten, gab es nun einmal Personen, die stärkere Persönlichkeiten hatten. Und Agnes hatte sich durch Fleiß und ihr offenes Wesen als zuverlässig erwiesen. Trude konnte nicht immer da sein, daher war es wichtig, sie auch mit diesen unangenehmen Aufgaben vertraut zu machen.

Nach einer Weile verzog sich das Gesicht der Frau im Bett wieder unter Schmerzen. Ihr entfuhr ein gequältes Stöhnen. Agnes hielt ihre Hand fest umschlossen.

„Sie blutet viel zu stark", meinte Trude. „Das kommt, da können wir nichts machen. Und da stimmt was nicht."

„Können wir nicht die Hebamme rufen? Oder ausnahmsweise einen Medikus?"

„Ach, Agnes, die kommen im Leben nicht hierher." Trude seufzte gequält. „Damit müssen wir alleine fertig werden. So wie immer."

„Sie wird sterben, wenn wir nichts machen." Agnes blickte mitfühlend auf die sich quälende Frau, wendete sich dem Fenster zu und sah nach, ob sie im Hof jemanden um Wasser bitten könnte. Ihr Blick fiel in den Garten jenseits des Hofes. Dort arbeitete im Schatten der Bäume einsam eine hell gekleidete Frau an einem ordentlich gepflegten Beet. Das war der Hof der Beginen. Die Frauen in den fast weißen Kitteln hatten sich stets freundlich, jedoch distanziert verhalten. Manche Male hatte Agnes sogar ein paar Früchte und Kräuter von den Nachbarinnen gekauft, ansonsten war man sich aus dem Weg gegangen. Vor einiger Zeit hatte sie Hermann gegenüber die Bemerkung gemacht, die sie erheiterte: Hier arbeiteten die Frauen im Bett und die Beginen nebenan im Beet. Zwei Häuser, die beide fast ausschließlich von weiblichen Wesen bewohnt wurden, aber unterschiedlicher nicht sein konnten. Agnes ging nach unten durch den Hof zu einer kleinen Pforte, die in der Mauer eingelassen war. Da sie selten benutzt wurde, musste sie ein wenig rütteln, um sie zu öffnen. Kurz überlegte sie, wie man im Allgemeinen die Beginen ansprach, doch dies war nicht der Augenblick für wohlüberlegte Worte. „Entschuldigt bitte? Hallo?“, rief sie und öffnete die widerspenstige Holzpforte.

Erstaunt blickte die Frau von ihren Pflanzen hoch. Sie hob die Augenbrauen, stand langsam auf und wischte sich die Erde von den Händen. „Wie kann ich helfen, meine Tochter?“

„Tochter?“ Agnes lächelte. „Ich hätte Euch nicht für so alt gehalten.“

Die Begine machte eine einladende Geste, um Agnes in den Schatten des Baumes zu bitten, unter dem sie selbst stand. Agnes folgte dem Handzeichen. „Ach, das ist die Macht der Gewohnheit. Ich bitte um Verzeihung, aber ich bin tagtäglich von Frauen umgeben, die ich allesamt Tochter nenne."

„Ihr dürft mich gerne so bezeichnen, wenn Ihr nicht darauf besteht, dass ich Euch Mutter nenne."

Magdalena lachte. „Ja, das wäre komisch. Und danke dafür, dass du mich nicht für alt genug hältst."

„Verzeiht mir mein Eindringen in Eure schönen Gärten. Mich bringt ein Problem zu Euch", sagte Agnes und deutete mit knapper Geste hinter sich. „Leider ist es dringlich."

Die Vorsteherin der Beginen sah mit ernstem Blick zum Frauenhaus herüber. „Da du mich aufsucht, nehme ich an, es ist ein, sagen wir, weibliches Thema?"

Agnes gefiel, dass sie so direkt zur Sprache brachte, was sie dachte. „Ja. Kurz gesagt, es ist die Sorte Komplikation, bei der weder Arzt noch Hebamme zu uns kommen würden."

Eine kleine Weile sah Magdalena Agnes an. „Wir kommen mit so etwas in unglaubliche Schwierigkeiten, wenn wir nicht aufpassen."

Agnes nickte nur kurz.

„Du müsstest einen Arzt oder Priester holen."

Agnes hob resignierend die Hände. „Arzt und Priester. Ja, die kommen durchaus zu uns, wenn ihnen das Gemächt juckt. Aber sicher nicht, wenn wir sie um Hilfe bitten. Dann sind wir plötzlich nicht einmal einen Platz auf dem Friedhof wert."

Wieder schwieg die Vorsteherin. Agnes befürchtete bereits, hier keinerlei Hilfe zu bekommen, da ergriff Magdalena das Wort: „Gut, ich habe meine eigene Vorstellung von Christlichkeit. Nimm dir Arnika." Sie deutete auf ein Beet hinter sich. „Ich hole Seifenkraut."

Beide Frauen gingen zügig los und pflückten die besagten Pflanzen. Mit den Bündeln schritten sie zur Pforte in der Mauer.

„Das war alles, was ich machen kann", sagte Magdalena zwei Stunden später leise. Das blutige, in Leinen gewickelte Bündel legte sie vorsichtig auf den Boden.

Agnes hatte es reichlich Überwindung gekostet, ihr zu helfen, das tote Kind aus dem Leib der Mutter zu holen. Sie wuschen die inzwischen ohnmächtig gewordene Frau und bedeckten ihre blutende Scham mit Arnika.

„Wechselt das Kraut alle Stunde, wenn möglich. Und gebt ihr zu trinken. Sie wird starke Schmerzen haben."

Agnes nickte. „Wird sie … wird Anna die Nacht überstehen?"

Magdalena zögerte. „Das liegt in Gottes Hand. Wenn sie diese Nacht übersteht, wird sie auch weitere Nächte überleben." Flüchtig fiel ihr Blick auf die blutigen Stoffe. „Aber sie wird kaum wieder …"

Das war nur allzu deutlich. Agnes wusste nicht, ob Anna sich je Kinder wünschen würde. Sie war sich nicht einmal sicher, ob das ein Wunsch bei ihr selbst war. Das war etwas, mit dem man sich in einem Hurenhaus nicht allzu sehr beschäftigte.

„Wir müssen alles begraben", sprach Magdalena behutsam und deutete auf das Bündel. „Wenn es auch keine geweihte Erde ist, können wir doch ein paar Gebete für die kleine Seele sprechen."

Agnes nickte und legte das Bündel und die anderen blutigen Tücher in einen Korb. „Kommt mit, dafür haben wir einen halbwegs geeigneten Ort."

Im hinteren Teil des Hofes wuchs ein alter Birnbaum. Er spendete Schatten, im Herbst gute Früchte und vermutlich war er schon länger da als das Frauenhaus. Agnes hob ein kleines Loch unter dem Baum aus und begrub darin das tote Kind. Daneben legte sie die Nachgeburt und sämtliche blutigen Stoffe. Magdalena sprach zwei Gebete und Agnes faltete dazu die Hände. Auch wenn sie keine sonderlich fromme Frau war, in einem solchen Moment hoffte sie doch auf einen gütigen Gott, der keinerlei Unterschiede machte, egal, aus welchem Schoß man geboren worden war. Als sie fertig waren, ging Magdalena durch die kleine Pforte zurück. Agnes schritt müde auf die Küchentür zu. Für einen flüchtigen Augenblick sah sie Rebecca an einem der oberen Fenster stehen.

11 - Freitag, 20. Juli 1342

„Du bist ein nutzloser Taugenichts!“, brüllte eine tiefe Stimme. „Lern endlich, deine Arbeit richtig zu machen!“

Immer und immer wieder diese Streitereien. Ob der Markt nicht zu seines Vaters Zufriedenheit verlaufen war oder ob die Hitze ihn reizbarer als sonst gemacht hatte, heute war es immer wieder zu sinnlosen Reibereien gekommen. Jan war es gewohnt, von seinem Vater angeschrien zu werden. In der letzten Zeit jedoch fiel es ihm deutlich schwerer, diese Ausbrüche gelassen hinzunehmen. Heute trieb es ihm fast Tränen in die Augen. Fehlte noch, dass er das mitbekam. Er hätte ihn nur noch mehr verachtet. Dann lieber wegrennen.

Es war spät, die Abendglocke hatte geläutet. In der Regel beendete sein Vater damit die Arbeit und räumte seine Sachen zusammen. Jetzt wäre Zeit für ein Essen mit der Familie, aber dafür hatte er keinen Sinn. Nein, Vorhaltungen seines Vaters, Beschwichtigung seiner Mutter und ständig der unausgesprochene Vergleich zu seinem verstorbenen Bruder, das konnte er jetzt nicht ertragen.

Eigentlich wäre das ein guter Zeitpunkt, zu Oke oder Hanno zu gehen, nur wollte er keinen der beiden sehen. Seit dem Vorfall vor zwei Tagen hatten sie sich nicht mehr getroffen und wenn es nach Jan ging, blieb das auch eine Weile so. Immer wieder war er den Abend in Gedanken durchgegangen. Ihm war bewusst, dass seine beiden Freunde in manchen Dingen grob waren, nur hätte er nicht erwartet, dass sie völlig ungeplant eine Jungfer schänden würden. Auch wenn er sich nicht daran beteiligt hatte, er war dabei gewesen. Er hatte sogar dem Retter des jungen Mädchens einen Stich mit seinem Dolch verpasst. Was er nicht vergessen konnte, war der Anblick des nackten Hinterns. Das wehrlose Frauenzimmer, deren Po ihm hingehalten, angeboten worden war. Wäre der Fremde nicht dazwischen gekommen, hätte er was anstellen können. Was auch immer. Dazu kam die Angst, dass der Fremde ihn erkannt hatte. Oder den Wachen den Vorfall meldete und dass nach ihnen gesucht wurde. Es war dunkel in der kleinen Gasse gewesen, er selbst würde den Retter der Jungfer nur schwer wiedererkennen. Schändung, das war keine so große Straftat wie Mord und wahrscheinlich wäre es den Wachen die Mühe nicht wert. Dennoch bestand das Risiko, dass die Jungfer eine Tochter aus gutem Haus war. Ihr Vater könnte mit Geld oder Einfluss dafür sorgen, dass die Sache verfolgt würde. Glücklicherweise waren grad Markttage, da trieben sich Dutzende fremde Männer in der Stadt umher. Das war der beste Schutz, man würde annehmen, dass es Besucher waren. Aber was war, wenn der Fremde ihn doch erkannt hatte? Oder er ihm per Zufall begegnete?

Jan ließ sich durch die Straßen treiben. Heute Abend wollte er keinesfalls früh nach Hause. Aber wie wollte er sich die Zeit vertreiben? Nach einer Weile führten ihn seine Füße wieder in die Nähe der Roten Blume. Dort hinten war die kleine Gasse, dort wollte er keinesfalls sein. Was wäre, wenn da Wachen stünden und darauf warteten, dass die gesuchten Täter wieder vorbei kämen? Idiotisch genug, dass er, ohne es zu merken, hier in der Gegend war.

„Hey mein Hübscher", gurrte eine weibliche Stimme neben ihm. „Wie wäre es, hättest du ein wenig Zeit für eine einsame Frau?"

Das langgezogene Gebäude des Frauenhauses hatte einige Fensterläden zur Straßenseite. Hinter diesen Fenstern saßen ein paar Huren und eine davon hatte ihn angesprochen. Das Oberteil ihres Kleides war seitlich weit ausgeschnitten, ihr üppiger Busen quoll fast daraus hervor. Aufreizender waren für ihn aber ihre Haare, die lockig und offen auf ihren Schultern lagen.

Normalerweise trugen Frauen am Tag stets ein Gebinde um Kopf und Kinn. Es war fast unvorstellbar, dass man einer Frau, ob Weib oder Edle, auf der Straße begegnete, die ihre Frisur nicht streng unter dem Stoff verborgen hatte. Sicherlich hatte er seine Mutter oder seine Schwestern schon mit offenen Haaren gesehen, aber normalerweise war das eine nahezu intime Sache. Selbst im Badehaus, das er mit der ganzen Familie besuchte, war es üblich, die Haare bedeckt zu haben. Wie auch immer die gewaschen wurden, darüber hatte er sich einige Male Gedanken gemacht. Vermutlich nur, wenn sie alleine waren. Aber diese Frau, diese Hübschlerin, trug ihre Haare ungeniert offen. Und sie sah damit umwerfend gut aus. Es durchfuhr ihn gänzlich, damit konnte er nicht beherrscht umgehen. Vor ein paar Tagen hatte er mit seinem Vater hier gestanden. Als die Menge, aufgewiegelt durch den komischen Prediger, hierher marschiert war. Aber das war anders gewesen. Es war Sonntag, mitten am Tag und die Läden waren alle geschlossen. Er kannte das Frauenhaus, kannte die daran angeschlossene Schänke, nur war er nie darin gewesen. Erst recht hatte er keine der Frauen besucht. Jetzt aber musste er reagieren. Daher betrachtete er die Schöne im Fenster noch einmal. Sie lächelte sanft, schien zu ahnen, dass sie ihn nicht drängen durfte, um ihn nicht zu verscheuchen.

„Was, ähm, was würde mich das denn kosten?"

Sie lachte leise und freundlich. „Ein wenig deines Geldes, ein wenig deiner Zeit." Dabei stützte sie sich auf den Fensterrahmen. „Na komm doch einfach rein und besuch mich. Mir ist langweilig und wir können uns zusammen eine schöne Zeit machen?"

Die Art, auf die sie ihn ansprach, war so einfach, so beiläufig. Er wusste nicht, wie Huren arbeiteten. Der Gedanke, sie würden ihn mit gehobenem Kittel zu Dingen drängen, lag nah. Nur war diese junge Hure so sympathisch und zwanglos. Wie alt mochte sie sein, Mitte zwanzig?

„Ich mach dir einen Vorschlag", fuhr sie sanft fort. „Wir treffen uns vorne an der Tür, ich nehme dich mit auf mein Zimmer und wir lernen uns erst einmal ein wenig kennen. Wenn du magst, erzählst du mir dabei, was dir gefallen würde. Wie wäre das?"

Ein Strudel an Gedanken durchfuhr Jan. Was könnte er denn mögen? Aber sie wirkte unglaublich freundlich. Daher hörte er sich selbst mit etwas heiserer Stimme sagen: „Ja, ähm, gerne."

Sie lächelte, nickte kurz mit dem Kopf in Richtung der Tür, ein wenig links von ihm und seine Füße trugen ihn wie von selbst. Sie kam ihm entgegen, nahm seine Hand und führte ihn eine kleine Holztreppe nach oben. Dort gab es einen dunklen Flur mit mehreren Türen, die alle geschlossen waren. Sie öffnete eine davon und zog ihn sanft in ein geräumiges Zimmer, das hauptsächlich mit einem Bettkasten in der Mitte möbliert war. Vor einem Fenster hing grober Stoff, der nur spärlich Tageslicht hinein ließ. Auf einer kleinen Kiste standen eine Schale und ein Wasserkrug, ansonsten war nichts weiter vorhanden. Er war es gewohnt, in einem Alkoven zu schlafen. Ein Bett, das mitten im Raum stand, war etwas ungewöhnlich. Sie setzte sich und klopfte auf das Lager neben sich. „Komm her, mein Lieber."

Zögerlich kam er näher und hockte sich auf die Kante. Was wurde nun von ihm erwartet?

„Hab keine Bange", sagte sie leicht lachend. „Ich beiß nur, wenn du das wünschst. Aber bevor wir irgendetwas anfangen, würde ich dich bitten, etwas zu zahlen."

Sie nannte ihm eine Summe. Keine große Menge, Geld hatte er genug dabei. Auch wenn sein Vater ihn oft wie Dreck behandelte, zu kurz ließ er ihn nicht kommen. Daher fingerte er den Betrag aus seinem Geldbeutel vom Gürtel und gab es ihr. Doch ein wenig des kaufmännischen Erbes kam in diesem Moment durch. „Für was genau zahle ich denn?“

„Ach, das liegt ganz bei dir. Jetzt hast du mich für eine gute Weile ganz für dich.“ Sie legte sich bequem zurück und stützte den Kopf auf den Arm. „Komm, leg dich zurück“, fuhr sie fort. Jan tat, wie ihm geheißen und sie schob sich so dicht an ihn heran, dass sein Kopf in ihrem Schoß zu liegen kam. Sein Haar streichelnd fuhr sie mit unverbindlichen Plaudereien fort. Es gelang ihr, ihn zum Reden zu bringen, und er begann, sich lockerer zu fühlen. Nach einer Weile fragte sie geradeheraus: „Hättest du denn Freude daran, mich zu berühren? Oder möchtest du etwas anderes?“

Mutiger geworden, überlegte er genauer, was ihm Freude machen würde. „Ich möchte gerne deinen Hintern sehen.“ Nach kurzem Zögern fügte er hinzu: „Ginge das?“

Sie lachte wieder sanft. „Natürlich, mein Hübscher. Das ist doch ein guter Anfang.“ Dann stand sie auf und begann langsam, ihren Kittel abzustreifen. In dem schummerigen Licht konnte er gerade noch ihre Scham erahnen. Dann legte sie sich neben ihn auf den Bauch und wackelte ein wenig mit dem Po. Er stützte seinen Kopf auf einen Arm, streichelte ihren Rücken und Po mit der anderen Hand. Es fühlte sich wundervoll an. So vertraut, weich und warm. Seine Männlichkeit regte sich spürbar.

Nach einer Weile drehte sie sich zu ihm und legte ihre Hand an seine wachsende Beule. Die Berührung ließ ihn zusammenzucken und er sog scharf die Luft ein. Sie nestelte ein wenig an dem Verschluss herum und holte sein Gemächt hervor. Daran reibend, fragte sie: „Magst du das?“

Mit schwerem Atem konnte er nur ein kurzes „Ja, ja“ hervorbringen. Dann drehte er sich auf den Rücken. Sie begann, mit der Hand etwas fester zu drücken. Das Bild der festgehaltenen, zappelnden Jungfer in der Gasse kam ihm vor Augen. Der frei gelegte Po, für ihn dargeboten. Plötzlich explodierte etwas in ihm und er kam mit einem schweren Schnaufen. Sie hielt ihre Hand dabei still.

Sein nächster klarer Gedanke war, ob er jetzt schnell gehen müsse, da ihre Arbeit damit ja anscheinend getan war. Doch sie ließ ihre Hand weiter dort ruhen und sagte nur: „Wie schön.“

Nach einer Weile hörte sein Herz auf, zu rasen und sein Atem beruhigte sich etwas. Sie griff neben das Bett und hielt ein Bündel weichen Grases in der Hand, womit sie seinen Bauch abwischte. Dann stand sie auf und meinte zu ihm, er solle kurz warten und einfach liegen bleiben. Sie schlüpfte in ihren Kittel und verschwand zur Tür hinaus. Nach einer Weile kam sie mit einem kleinen Krug und zwei Holzbechern zurück. Nachdem sie ihm etwas Wein eingeschenkt hatte, reichte sie ihm den Becher. Dann zog sie ihren Kittel wieder aus, setzte sich neben ihn und trank. „Sei ganz unbesorgt. Du hast noch Zeit." Nachdem sie den Becher zur Seite gestellt hatte, legte sie ihre Hand wieder auf sein Glied. Und während sie unverfänglich plauderte, spielte sie an ihm, bis sich seine Männlichkeit erneut aufrichtete. Nach einer Weile setzte sie sich auf ihn und half ihm, in sie einzudringen. Ihre offenen Haare fielen teils auf sein Gesicht und der Geruch stieg in seine Nase. So ritt sie gemächlich und sanft, doch die Erregung hielt sich bei ihm nicht lange zurück und er erleichterte sich erneut. Diesmal war es weniger explosiv, es war mehr ein langes, erholsames Aufseufzen seines Körpers. Sie hielt still und ließ ihm Zeit, sich zu erholen und den Moment zu genießen. Eine Weile später rutschte sie herunter und legte sich neben ihn.

Sein entspannt lächelndes Gesicht verzog sich kurz schreckhaft und er fragte sie leise: „Wirst du, ich meine, bekommst du jetzt ein Kind?"

„Sei unbesorgt. Frauen werden nicht jeden Tag schwanger", erwiderte sie. „Und heute ist keiner dieser

Tage. Ansonsten würde ich in der Schänke arbeiten und nicht dir beiwohnen.“

Seinem Gesicht war die Erleichterung anzusehen. Nach ein paar Momenten des Schweigens fragte er leise: „Können wir noch mal?“

Sie lachte wieder freundlich. „Nein, mein Hübscher. Für heute war es genug. Du hast erst einmal genug, über das du nachdenken wirst. Aber wenn es dir gefallen hat, kannst du ja jederzeit wiederkommen.“

Nach einer kleinen Pause fragte er: „Und wenn ich das jeden Tag will?“

„Dann kommst du jeden Tag. Sofern du dir das leisten kannst.“

„Wie heißt du eigentlich?“, fragte er leise.

„Nenn mich Agnes. Falls ich mal nicht da bin, dann haben wir auch viele andere Frauen, die dir gefallen könnten.“

„Nein“, meinte er entschlossen. „Dich würde ich wollen. Am besten jeden Tag.“

„Es freut mich, wenn du uns öfter besuchen kommst. Aber ich denke, du solltest erst einmal eine Nacht darüber schlafen, meinst du nicht?“

Eine Weile schwieg er. „Was wäre, wenn du in unserem Haus arbeitest? Ich bin sicher, mein Vater würde dich als Magd anstellen. Dann könnten wir uns jede Nacht sehen."

„Oho, ganz ruhig, mein junger Hengst." Agnes stand auf und zog ihren Kittel wieder an. „Das ist zwar eine lustige Vorstellung, aber so funktioniert das leider nicht."

„Wieso?" Seine Stimme klang fast ein wenig trotzig.

„Jeder, der mich erkennen würde, wüsste ganz genau, warum ich in eurem Haus bin und dass ich sicher nicht nur als Magd arbeiten würde."

„Das wäre mir egal. Ich würde dich auch gut bezahlen."

„Darum geht es nicht", erwiderte sie sanft. „Deinem Vater würde das nicht gefallen. Und von deiner Mutter ganz zu schweigen. Eine Dirne als Magd, so funktioniert das nicht."

Vermutlich hat sie sogar recht, dachte Jan. Er hatte keine Ahnung, ob sein Vater überhaupt je Huren besuchte, und er wollte sich das auch gar nicht vorstellen. Aber als Ratsmitglied musste er sich an ein paar Regeln halten. Seufzend stand er auf, zog die Hose hoch und ließ sich von Agnes zur Tür geleiten. Dort angekommen, gab sie ihm einen flüchtigen Kuss auf die Wange und schob ihn sanft raus.

Jan ging lächelnd in die Dämmerung des Sommerabends davon und Agnes sah ihm nach, als Rebecca von hinten an sie herantrat. „Weißt du eigentlich, wer das war?“, fragte sie.

„Ich glaube schon“, erwiderte Agnes.

„Das war Jan Hanson. Der Sohn vom Rat Hanson. Den hätte ich gern mit aufs Zimmer genommen. Wenn er wieder kommt, kann ich ihn dann… ?“

„Hör mal, Rebecca. Arbeite erstmal ein paar Jährchen weiter, dann kannst du dir die Kunden aussuchen, wie du willst. Dieser ist erst einmal meiner. Wenn ich dich dabei erwische, dass du ihn ansprichst, kannst du sicher sein, dass du ein paar Tage nicht mehr gut sitzen wirst.“ Mit diesen Worten drehte sie sich um und ging.

Rebecca senkte wütend den Blick.

12 - Samstag, 21. Juli 1342

Mit hektischen Bewegungen kehrte Rebecca mit dem Reisigbesen das Stroh in der Schankstube zusammen. Es war kein Dienst, den sie gerne verrichtete. Das Stroh stank widerlich nach einer Nacht mit vielen Besuchern. Als ob hier Schweine gehaust hätten, dachte sie. Nicht selten übergab sich einer der Gäste und andere pissten ungeniert unter den Tisch. Ein Stall voller Männer. Und sie musste heute den Stall kehren, wie irgendeine billige Bauernmagd. Sie wusste, dass jede der Frauen diese undankbare Aufgabe einmal übernehmen musste. Meister Hermann achtete darauf, dass die unangenehmen Arbeiten gerecht verteilt wurden. Dennoch gab es Frauen, die ein paar mehr Vorteile genossen. Wer viel arbeitete, wer in seinen besten Jahren war, konnte sich Freiheiten herausnehmen. Durfte ein wenig länger schlafen. Agnes war so ein Beispiel. Sie, mit ihren blonden Locken und den prallen Titten, konnte fast jedem Kerl den Kopf verdrehen. Deswegen bekam sie die besten Kunden. Stammgäste, hohe Herren und Handwerker mit etwas mehr Geld, sie kamen immer zuerst zu Agnes. Rebecca war sich sicher, dass ihre Fähigkeiten im

Strohbett genauso gut waren, aber dennoch war Agnes der Liebling aller. Selbst die anderen Frauen hörten auf sie, wenn Hermann und Trude nicht anwesend waren. Dabei hat die dumme Kuh auch nur drei Löcher wie alle anderen Huren. Kein Grund, sich so aufzuspielen.

Rebecca war sich sicher, dass sie die Stelle von Agnes einnehmen würde, wenn sie weg wäre. Schließlich nahm sie fast genauso viele Kunden und murrte nicht, wenn es kein freundlicher Jüngling war, sondern irgendein dreckiger Hafenarbeiter. Sie hatte es satt, ständig von allen wie ein kleines Mädchen behandelt zu werden. Bessere Freier bedeuten mehr Geld, mehr Anerkennung. Und sie wollte mehr verdienen, schönere Kleider, sie wollte bewundert und geliebt werden. Doch die anderen Frauen behandelten sie immer noch wie ein Kind. Vielleicht würde sie eines Tages die Geliebte eines hohen Herren werden, eine Kurtisane. In einem eigenen Haus wohnen. Dann bekäme sie Geschenke und feste monatliche Zuwendungen. Keine ungewaschenen Arbeiter mehr, keine Konkurrenz mit den anderen Frauen. Sie wollte nicht wie die alten Huren zahnlos im Hof sitzen, Hühner rupfen und für den Rest ihres Lebens das gelbe Tuch tragen.

Nach einer Weile warf sie den Besen in die Ecke. Es lag noch hie und da Stroh herum, aber sie hatte sich selbst in Wut gebracht und empfand die Arbeit mehr und mehr als unerträgliche Demütigung. Mit Tränen in den Augen holte sie ihr gelbes Schultertuch und legte es sich um. Dann ging sie auf die Straße und lenkte ihre Schritte in Richtung des Marktplatzes.

„Hoppla, junge Frau“, sagte ein Mann mit grauem Wollkittel. Rebecca war gedankenverloren gegen jemanden gelaufen.

„Entschuldigt, mein Herr“, murmelte sie leise und wich zur Seite aus. Doch ihr Gegenüber hielt sie sachte am Arm fest. „Nichts passiert, hoffentlich?“

Erst jetzt sah Rebecca auf. Der Mann hatte auffallend helle, wässrigblaue Augen. Der durchdringende Blick machte sie nervös. „Nein, alles in Ordnung, bitte verzeiht, ich war unachtsam.“

Der Mann ließ sie nicht vorbei. Mit etwas härterer Stimme sagte er: „Du hast doch wohl nicht getrunken? Ist es dazu nicht zu früh?“

Das erschien ihr etwas anmaßend. Sie schüttelte seinen Arm ab. „Das sind wirklich nicht Eure Belange, guter Mann. Euren Besuch empfange ich gerne an einem anderen Tag."

Wentzel ließ sie nicht vorbei. Er senkte seine Stimme und schlug einen deutlich freundlicheren Tonfall an. „Du hast einen schlechten Tag? Es sieht aus, als würde eine schwere Last auf deiner Seele liegen. Willst du sie nicht erleichtern?"

Rebecca sah ihn verdutzt an. Waren ihre Sorgen so offensichtlich? Wentzel blickte freundlich zurück und bot ihr sanft den Arm zum Geleit. „Mir scheint, du brauchst einen Zuhörer. Lass uns ein paar Schritte gehen. Ich mag dir mit Rat oder gar Tat zur Seite stehen."

Überrascht hakte sie sich bei dem Fremden ein. Jemand interessierte sich für ihre Sorgen? Für sie? Davon hatte sie genug, vielleicht könnte sie ein Gespräch gut gebrauchen. Die Freundlichkeit des Mannes vertrieb ihre Bedenken und sie begann, zu reden.

„Keinen Schritt weiter, Dirne", fuhr die Wache Rebecca harsch an.

Sie stand vor einer hölzernen Brücke, die einen Wassergraben überspannte. Hinter dem Graben war eine Palisade, die den Turm der Meyborg umgab. Über den ersten Steg, der einen weiteren Wassergraben überquerte, war sie gegangen, ohne aufgehalten worden zu sein. „Guter Herr“, gurrte sie mit sanfter Stimme. „Bitte gewährt mir doch Einlass.“

„Warum sollte ich das tun, Weib?“, herrschte er sie an. Etwas gefasster fragte er: „Oder bist du von jemandem bestellt worden?“

Sie antwortete weiterhin mit ruhiger Stimme, während sie mit der Hüfte ihr Kleid schwang: „Ich wünsche, den Propst zu sprechen, wenn es genehm und möglich ist. Ich habe eine wichtige Nachricht für ihn.“

„Und du glaubst, ich lasse dich einfach vorbei?“

„Ach, guter Herr. Ich bin doch harmlos und stelle keine Gefahr dar.“

„Das sagen sie alle“, knurrte er.

„Dann würde ich vorschlagen, ihr durchsucht mich gründlich nach gefährlichen Gegenständen“, säuselte Rebecca sanft und hob dabei Unterkleid und Kittel bis über die Knie.

Der Wachmann brummte, aber seinem Gesicht war deutlich anzusehen, dass ihn diese Vorstellung erregte. Er sah sich kurz um, dann legte er eine Hand in ihren Nacken und zog sie derb an sich heran. Seine andere Hand glitt unter ihre Kleidung. Er griff grob zwischen die Beine. Eine kleine Weile mühte er sich ab, seine Finger in sie zu stecken, was sie mit leichtem Stöhnen quittierte. „Habt Ihr irgendeine Waffe gefunden, guter Mann?“

Er zog die Hand zurück und ließ sie los. „Geh durch. Wart im Hof, bis man dich anspricht.“ Als sie über die Brücke ging, sah er ihr nach, während er an seinen Fingern roch.

Gero von Asseburg schickte sich an, ein weiteres Mal in die Stadt zu reiten. In dem Augenblick, in dem er sein Pferd besteigen wollte, sah er eine Frau mit gelbem Tuch um die Schultern den Hof betreten. Eine Hure, dachte er. Wut flammte in ihm auf. Wie konnte eine von denen hier in der Burg des Propstes ohne Begleitung herumspazieren?

„Ergreift das unverschämte Weib!“, rief er zu seinen Begleitern. „Was macht die hier?“

Die Wachen griffen Rebecca grob und zerrten sie zu Gero. Sie stolperte, aber der feste Griff verhinderte, dass sie umfiel. So hatte sie sich das wahrlich nicht vorgestellt.

„Gebt ihr zehn Stockhiebe und dann verjagt sie“, rief Gero.

„Nein“, rief sie laut aus. Panik erfasste sie, aber die groben Hände packten sie erneut und wollten sie wegbringen. „Ich weiß von einer Kindstötung“, schrie sie voller Angst auf. Das hatte sie bis zum Schluss aufheben wollen. Sie hatte gehofft, Agnes mit anderen, kleineren Vergehen Ärger bereiten zu können. Der komische Mönch hatte ihr geraten, ihre Probleme zu lösen, indem sie von den sündigen Vorgängen erzählte. Ihm hatte sie nicht viele Details erzählt, aber dadurch war ihr die Idee gekommen, zum Propst zu gehen und Agnes anzuschwärzen.

„Was scheren mich die Belange von ein paar dreckigen Huren?“, schrie Gero sie direkt an. „Gebt ihr noch mehr Schläge, ach macht mit ihr, was ihr wollt.“ Er schickte sich erneut an, auf sein Pferd zu steigen. Rebecca bekam ernsthafte Angst um ihr Leben. Wenn die Wachen sie ganz nach ihrem Belieben missbrauchen würden, könnte das schwerste Folgen haben. Reichte denn eine Kindstötung nicht? Was konnte sie denn jetzt machen?

„Die Begine, Frau Magdalena, sie war auch dabei“, schrie sie.

Wie vom Donner gerührt blieb Gero stehen. Langsam wendete er sich um und ging auf sie zu. Seine

Hand schlug ihr unvermittelt ins Gesicht. „Was sagst du da, Hure?“

Ihr Kopf flog zur Seite und vor ihren Augen blitzten kleine Lichter auf. Warum wussten die Kerle nur so gut, wie sie zuschlagen mussten? Er griff mit der Hand an ihr Kinn und schüttelte ihren Kopf. „Wiederhol dich!“

„Magdalena von den Beginen und Agnes haben ein Kind getötet“, nuschelte sie durch den zusammengepressten Mund, während sie spürte, wie Blut von ihren Lippen tropfte.

„Ist das wahr?“, sagte Gero leise, mehr zu sich selbst. „Da sieh mal einer an, was für eine schöne Geschichte uns die Katze vor die Tür gelegt hat.“ Er fuhr die Wachen an: „Fesselt ihr die Hände und bindet sie hinten an das Pferd.“

„Warum Herr?“, rief Rebecca. „Ich bin doch hier, um das zu bezeugen, ich hab nichts verbrochen.“

Gero wandte sich ab, einen weiteren Kommentar war sie ihm nicht wert. „Ab in die Stadt“, wies er seine Begleiter an.

Eine Weile später kam der kleine Trupp vor dem Rathaus an. Gero nahm das Seil, mit dem Rebecca gefesselt war und führte sie wie einen Hund zum Eingang. Der dortigen Wache teilte er barsch mit, er wolle sofort Stadtrat Hanson sehen. Ehe der Wächter etwas erwidern konnte, zog Gero grob am Strick, sodass Rebecca auf die Knie fiel. „Zweifellos will er mich sprechen, ich habe die Stadthexe gefunden."

„Herr von Asseburg. Immer wieder eine Überraschung, Euch zu sprechen."

Gero entging die geschickt formulierte Beleidigung nicht. Aber in diesem Augenblick war er sich seiner Position sicher. „Stadtrat Hanson. Keine Überraschung, Euch zu sprechen, komme ich doch mit drängender Kunde."

„Sie soll also die Stadthexe sein, von der Ihr angeblich Zeugnis habt?" Hanson blickte zweifelnd auf Rebecca, die gefesselt und mit blutigem Gesicht einen jammervollen Anblick abgab.

„Das?", lachte Gero. „Nein, Hanson, das ist die Zeugin."

„Habt Ihr sie so zugerichtet, weil sie Zeugin ist oder behandelt Ihr Eure Hübschlerinnen immer so?" Aus seiner Stimme war tiefe Verachtung zu hören.

Gero wischte die Bemerkung mit einer Handbewegung zur Seite und forderte Rebecca auf, ihre Geschichte noch einmal zu erzählen. Ihre geschwollene und geplatzte Lippe machte das Sprechen schwierig. Sie setzte einige Male an, trotzdem konnte sie nur krächzen und stöhnen vor Schmerzen. Hanson holte einen Becher mit Wasser von einem umstehenden Tisch und ließ sie ein paar Schlucke trinken. Ihre Augen blickten ihn zutiefst dankbar an. Räuspernd fand sie ihre Stimme wieder und trug stockend vor, was sie beobachtet hatte.

Eine Weile dachte Hanson über die Geschichte nach. Er sah zweifelnd auf Rebecca und es widerstrebte ihm sichtlich, in irgendeiner Form handeln zu müssen. „Eine Dirne, die mir eine wilde Mär erzählt. Und der Propst von Leer, der mir von einer Hexe in meiner Stadt berichten möchte, für die es keinerlei Zeugnis gibt." Er deutete mit einem Finger auf Gero. „Herr von Asseburg, Ihr verdankt es Eurer Stellung, dass ich Euch anhöre. Darüber hinaus sehe ich keinen Grund, der Geschichte von einer Stadthexe Glauben zu schenken."

„Oh, das müsst Ihr auch nicht", sagte Gero leise. „Es ist nicht Eure Aufgabe, eine Hexe zu überführen. Doch wird Euch darüber berichtet, dass es eine Kindstötung durch zwei zweifelhafte Frauen gab, dann ist es Eure Aufgabe, zu handeln. Das eine Weib ist eine stadtbekannte Hure. Die hat nur bei der üblen Tat geholfen. Und das andere ist die Begine Magdalena, die Stiftsvorsteherin. Ich darf daran erinnern, dass der vorige Papst Clemens die Beginen allesamt der Ketzerei bezichtigte."

Hanson musste innerlich zustimmen. Wenn ihm von solch einer Tat berichtet wurde, hatte er zu handeln. Diesem durchtriebenen Bastard von Asseburg irgendetwas zugestehen, das widerstrebte ihm zutiefst. Es war bekannt, dass er unbedingt wieder eine Rolle in der Stadt spielen wollte. Er hatte öfter versucht, in den Rat zu kommen, doch waren sich die Mitglieder immer einig gewesen, dass sie die Kirche und insbesondere von Asseburg nicht im Rathaus haben wollten. Sie erinnerten sich gut an die Zeit, als Meyborg noch kein Stadtrecht hatte und die Münsteraner Bischöfe durch Gero fleißig Steuern eintreiben ließen. „In einer Woche kommen Abgeordnete aus dem Bistum Münster hierher. Sie werden wie immer in der Meyborg rasten, um danach weiter in das friesische Gebiet zu ziehen." Geros Stimme war ruhig. Er wusste um die Wirkung seiner Worte. „Wenn diese Delegation erfährt, dass eine Ketzerin mit Hilfe einer Hure ein Kind getötet hat, dann wird sie sehr unruhig. Und sie wird mit Sicherheit weitere Personen schicken, um das zu untersuchen. Wenn sich herausstellt, dass die zuständigen Personen im

Stadtrat sich einer Untersuchung in den Weg gestellt haben oder sie vertuschen wollten, könnte die Kirche sehr, sehr unangenehm werden." Gero leckte sich die Lippen. „Ich weiß, angeblich ist die Stärke des Klerus nicht mehr dieselbe. Aber wenn Acht und Bann über Meyborg und Bürger verhängt werden, weil sie eine Hexe und Kindsmörderin beschützen, dürfte das üble Folgen haben. Für den Handel, für die Sicherheit. Und ich weiß nicht, warum die Stadt einen Rat dulden sollte, der ihnen den Kirchenbann eingebracht hat."

Hanson ballte seine Hände zu Fäusten. Er wandte sich von Gero ab, um ihm seinen Gesichtsausdruck nicht zu zeigen. An seinen Worten war leider etwas dran. Auch wenn es, alles in allem, vermutlich übertrieben war, die Sache mit dem Kirchenbann war durchaus im Bereich des Möglichen. Würde er nicht handeln, würde von Asseburg ihn und die gesamte Stadt anklagen. Und egal wie die Sache sich entwickeln würde, es bliebe mit Sicherheit ein Verdacht kleben. Hanson hatte noch genau im Gedächtnis, wie die Meyborger vor einer Woche auf den Bettelmönch reagiert hatten. Es bedurfte nur einer einzigen feurigen Rede vor der Kirche und etliche waren bereit, das Frauenhaus zu stürmen. Es schien, als ließe sich dieses Problem nicht im Stillen lösen.

Er musste offiziell reagieren und dem Propst entgegenkommen. Er nahm sich zusammen und atmete tief durch. „Ich schlage vor, die Dirne heute Nacht einzusperren, damit sie niemandem etwas erzählen kann. Morgen untersuchen wir das Frauenhaus. Am Sonntag sind keine Gäste da. Wir werden sehen, ob wir Beweise für die Geschichte finden."

Gero von Asseburg nickte lächelnd. Stadtrat Hanson konnte keinerlei Wärme in dem Lächeln sehen. Er sah vielmehr einen Wolf, der seine Beute eingekreist hatte. Einen alten, gerissenen Wolf im Pelz eines Kirchenmannes.

13 - Samstag, 21. Juli 1342

Die drückende Hitze des Nachmittags lockte wenige Menschen ins Freie. Wer konnte, verbrachte die Stunden vor dem Abend im Schatten oder in der Kühle eines Hauses. Eine anstrengende und aufregende Woche lag hinter Meyborg, die meisten Arbeiten wurden vor dem Tag des Herrn erledigt. Allenthalben hoffte man auf Abkühlung und Erfrischung durch Regen, doch davon waren keine Anzeichen zu erkennen. Durch die Mitte der meisten Gassen zogen sich kleine Gräben, in denen normalerweise Unrat und Abfälle weggespült wurden. Diese Rinnen waren trocken und verbreiteten widerlichen Gestank. Die Stadt ließ eimerweise Wasser von den Brunnen auf die Wege schütten, doch das zeigte kaum Wirkung. Die Luft war staubig und schwer. Es war höchste Zeit, dass ein Regenguss allen Dreck davon spülte und die umliegenden Felder vor dem Verdorren rettete.

Jan hatte seine Arbeit beendet. Sein Vater hatte ihm aufgetragen, unendlich lange Listen des Warenbestands zu kontrollieren. Es war ihm nur schwer gelungen, sich auf diese Aufgabe zu konzentrieren. Seine Gedanken waren nach wie vor aufgewühlt. Er hatte zum ersten Mal einer Frau beigewohnt und es war wundervoll gewesen. Ihr Duft ging ihm nicht aus der Nase und der Wunsch, ihr offenes Haar zu spüren, war beinahe übermächtig. Nach erledigter Arbeit ging er ohne Umwege und voller Vorfreude in Richtung der Roten Blume.

Kurz vor seinem Ziel stoppte er abrupt seine Schritte an einer Hausecke. Von hier konnte er das Frauenhaus sehen. Davor stand Agnes mit einem Mann, der ihm bekannt vorkam. Er hatte eine Laute an einem Band über den Rücken gehängt und die bunte Kleidung ließ ihn als Spielmann, als Musikus erkennen. Die beiden lachten und scherzten offensichtlich miteinander. Agnes legte eine Hand auf den Arm des Mannes, was Jan einen kleinen Stich versetzte. Er wusste ja, als was sie arbeitete und zu glauben, sie sei von nun an nur für ihn da, war albern. Auch wenn er sich das wünschen würde. Doch darüber hinaus kam ihm das Gesicht bekannt vor. Konnte das passen? War das der Kerl, den er verletzt hatte? Der seinen Freund mit einem einzigen Hieb seines Knüppels zu Boden geschickt hatte? Als sich Albrecht umdrehte und in Richtung des Badehauses ging, hatte Jan die Gewissheit. Ein Verband am Oberarm des

Spielmanns war der letzte Beweis, den er gesucht hatte. Was für ein Glück, dass er an der Ecke stehen geblieben war. Wahrscheinlich hatte Agnes ihn nicht als einen der Angreifer erkannt, sonst hätte sie gestern mit Sicherheit etwas gesagt. Sollte er es trotz des Spielmanns wagen, in das Frauenhaus zu gehen? Das wäre schon unvernünftig, oder? Nur hatte sein Unterleib diese Entscheidung bereits getroffen. Eilig trat er zum Eingang.

„Was wünschst du dir denn heute?", fragte Agnes ihn freundlich. Sie hatte ihn wieder in ihr Zimmer gebeten und sie lagen beide auf dem weichen Strohlager. Zu seiner Freude hatte sie sich ohne Zögern entkleidet und er konnte seinen Blick nicht von ihrem nackten Körper wenden. Er strich mit der Hand über ihre Hüften und den Po, griff in ihr festes Fleisch und atmete schwer dabei. Sie hatte die Augen geschlossen und ließ ihn gewähren.

„Du scheinst nicht bei der Sache zu sein", wandte er plötzlich ein. „Bist du etwa abgelenkt?"

„Mmh?", erwiderte sie. „Aber nein, ich genieße nur den Moment."

„Deine Gedanken sind woanders. Wohl bei dem Spielmann, was?"

Agnes lachte ein wenig. „Aber nein, mein Hübscher. Ich bin ganz für dich da. Was kann ich denn für dich tun? Hast du Wünsche?“

Wieder die Frage. Was konnte er sich denn wünschen? Ihre Haare wollte er sehen. Sie packen und riechen. Während er darüber nachdachte, hatte seine Hand sich in ihren Nacken gelegt. Er packte sie etwas fester, nestelte seine Beinkleider auf und holte sein erwartungsvoll aufgerichtetes Glied hervor. Dann kniete er sich hinter sie, zwischen ihre Beine und versuchte ungeschickt, in sie einzudringen. Agnes wölbte ihren Po nach oben und griff mit einer Hand nach hinten und half ihm in sie hinein. Mit einem tiefen Stöhnen bestätigte sie ihn in seinem Handeln. Nach einer Weile sagte er leicht keuchend: „So bist du ganz für mich da.“

Nachdem er sich erleichtert hatte, lagen sie in der Wärme des Abends entspannt nebeneinander. Sie hatte den Kopf auf einen Arm gestützt. Mit der anderen Hand streichelte sie seine Brust. „Du weißt aber schon, dass du nicht mein einziger Gast bist?“, sprach sie ihn leise an. „Ich meine, das ist eine schöne Vorstellung, aber so ist das nun mal nicht.“

Er grunzte ein wenig zur Bestätigung.

„Und um den Spielmann musst du dir schon gar keine Gedanken machen“, fuhr sie leichthin fort. „Der spielt auf ganz anderen Instrumenten.“ Er lachte ein wenig. Dann wurde ihm die Tragweite ihrer Aussage klar. Er spielte auf ganz anderen Instrumenten? Meinte sie, er habe nichts mit Frauen zu tun? Sodomie? Das wäre eine sinnvolle Erklärung, um ihn zu beschwichtigen. Jan schloss die Augen und hing seinen Gedanken nach. Ihr war vermutlich nicht klar, was für eine Tragweite diese kleine Bemerkung hatte. Damit könnte er den Spielmann anklagen. Selbst wenn er es nicht beweisen konnte, diese Geschichte würde nur allzu glaubhaft klingen. Ein Musikus, der im Frauenhaus arbeitete und sich der Sodomie hingab. Normalerweise würde das vollkommen egal sein, eine Sache, die man sich bei einem Krug Wein lachend erzählte. Aber wenn er den Spielmann bei seinem Vater anklagen würde? Wenn er es geschickt anstellte, konnte das eine kleine Untersuchung nach sich ziehen. Und falls der Angeklagte daraufhin erzählen würde, er habe aber den Ankläger bei der Schändung eines Weibes erwischt, würde das einfach nur nach einer Schutzbehauptung klingen und man würde ihn umso mehr für verdächtig halten. Ja, das war die Rettung.

Die Erleichterung entspannte seinen ganzen Körper und seine Männlichkeit begann, sich erneut aufzurichten.

Grinsend wandte er sich an Agnes. „Dreh dich doch noch einmal um, ja?“

14 - Sonntag, 22. Juli 1342

Am Sonntag erwachte Meyborg nur langsam. Vereinzelt waren kleine Gruppen von Bürgern in Richtung der Kirchen unterwegs, obwohl die Kirchturmglocken noch nicht geläutet wurden.

Ein Trupp von mehreren Reitern, angeführt von Gero, stand vor dem Beginenkloster. Neben seinem Pferd wankte die gefesselte Rebecca. Eine Gesichtshälfte war geschwollen und blutverschmiert, in den wirren und offenen Haaren hing Stroh. Sie schwankte und schien Mühe zu haben, sich auf den Beinen zu halten.

Gero war sich der Ironie des Tages durchaus bewusst und sie erfreute ihn zutiefst. Heute war der Tag der heiligen Maria Magdalena und heute würde er seinen Zielen deutlich näher kommen. Er ging davon aus, dass sich Stadtrat Hanson seinen Plänen beugen würde und er die vermeintliche Hexe als Gefahr für die Stadt entlarven könnte. Als offizieller Vertreter des Bistums Münster oblag es ihm, sich um solch eine Bedrohung zu kümmern. Die Drohung einer peinlichen Untersuchung schien nachhaltigen Eindruck hinterlassen zu haben. Ein Kirchenbann könnte, selbst wenn sich alles als nichtig erweisen würde, ernsthaften Schaden für den Handel in Meyborg bedeuten. Seine Stellung innerhalb der Kirche würde sich zugleich verbessern. Es war wichtig, die Stadthexe zügig zu verurteilen. Nach diesem Exempel würden sich nur wenige wagen, den Frieden zu gefährden.

Heute würde eine Gesandtschaft des Bischofs von Münster in der Meyborg ankommen. Da Gero mit dem Lehen der Burg betraut worden war, fiel es in seinen Aufgabenbereich, die Männer des Bischofs zu beherbergen und zu versorgen. Die Herren gedachten kaum, ihn in ihre politischen Aufgaben einzubeziehen. Für sie war der Herr der Meyborg lediglich ein ihnen zu Diensten verpflichteter Gastgeber. Umso wichtiger war es ihm, seine Fähigkeiten unter Beweis zu stellen.

„Jetzt", sagte Gero leise und deutete knapp auf den Hof. Die Reiter saßen ab, stürmten auf den Eingang zu und verteilten sich. Einige Wachen rissen den Haupteingang auf und liefen polternd in das Gebäude. Lächelnd saß Gero weiter auf seinem Pferd und beobachtete das Geschehen. Nach einigen Momenten waren vereinzelte Schreie von Frauen zu hören. Kurz darauf erschienen zwei der Wachen mit der Stiftsvorsteherin Magdalena in ihrer Mitte. Sie führten sie grob in den Hof und stießen sie direkt vor den wartenden Gero.

Als sie ihn erkannte, richtete sie sich auf und versuchte, Haltung zu wahren. „Ihr erdreistet Euch…“, fuhr sie ihn an.

„Ich hab dich gewarnt, Hexe“, höhnte er. „Bindet sie und los geht es.“

Die Wachen fesselten ihre Hände grob zusammen und legten das andere Ende des Stricks um den Sattelknauf von Gero. Langsam brach die Gruppe in Richtung des Frauenhauses auf. Die beiden gebundenen Frauen versuchten, nicht zu stürzen, auch wenn der Trupp nur im Schritttempo vorwärts kam. Gero hätte sich gewünscht, mehr Menschen auf der Straße zu begegnen, sein Triumph stand ihm ins Gesicht geschrieben. Vor dem Frauenhaus kam im gleichen Zeitraum eine weitere Gruppe von Wachen an. An ihrer Spitze ging Stadtrat Hanson mit seinem Sohn. Gero nickte kurz zum Gruß und sah sich das Haus mit den geschlossenen Läden an. Es war zu dieser Tageszeit vollkommen ruhig. Da der Abend des Samstags wie üblich lang und geschäftig gewesen war, konnte man davon ausgehen, dass die Bewohner schliefen. Hanson wies mit ein paar knappen Gesten seine Wachen an. Leise gingen sie um das Haus herum. Gero stieg langsam von seinem Pferd und wies seine Wachen an, die gefesselten Frauen zum Eingang zu bringen. Dann schlug er mit der Faust gegen die Tür der Schänke. Es dauerte einige Augenblicke, bis man Hermann innen murrend zur Tür gehen hörte. Als der Riegel zur Seite geschoben wurde, stießen die Wachen die Tür auf und drängten in die Schänke. Gero und Hanson warteten einen Augenblick, bis sich der Tumult legte. Dann schritten auch sie herein.

Agnes erwachte an diesem Morgen früher als üblich. Sie ging, sich die Augen reibend, zu einem der Fensterläden und blickte durch einen Spalt auf die Straße hinab. Reiter und Wachen standen herum und sie schreckte sofort zurück. Beinahe hätte sie den Laden geöffnet, dann hätte sicherlich irgendjemand nach oben geblickt. So hielt sie sich eine Hand vor den Mund und versuchte, vorsichtig zum Eingang zu sehen. Dort erspähte sie die beiden gefesselten Frauen. Rebecca und Magdalena in Seilen, das konnte nur großen Ärger bedeuten. Agnes erahnte den Zusammenhang und ein eiskalter Schreck durchfuhr sie. Das war weit mehr als der kleine Aufstand vor einer Woche. Den hatten sie leicht abwenden können. Doch nun standen dort unten

Leute, die ihnen wirklich gefährlich werden konnten. Agnes eilte die Treppe herunter. Im Schankraum hörte sie laute Schläge an der Tür. Dort wollte sie sicher nicht hingehen. Sollte sie weglaufen? Sie schritt leise und schnell in die Küche, da gab es den Ausgang zum Hof. Ein Blick durch einen Fensterladen bestätigte ihre Befürchtungen, im Hof liefen Wachen herum. Sie sah Albrecht vor dem Herd liegen, bisher hatte der Lärm ihn nicht geweckt. Unsanft stieß sie ihn mit dem Fuß an. Als er zu ihr hochsah, legte sie sofort mahnend einen Finger vor den Mund und deutete zur Tür. Zu ihrer Erleichterung wich sein verschlafener Blick in Sekundenschnelle einer wachsamen Aufmerksamkeit. Er richtete sich auf und griff automatisch neben sich ins Leere. Anscheinend hatte sein Instinkt ihn nach einer imaginären Waffe greifen lassen. Agnes vermutete, dass das Leben auf der Straße auch einen Spielmann wehrhaft machte. Sie deutete auf die Treppe nach oben und Albrecht nickte knapp, beide gingen mit raschen Schritten hoch. Agnes zog ihn in einen Abstellraum am Ende des Flures. Die kleine Kammer lag über der Schänke und war mit allerlei Kisten und Körben vollgestellt. Eine Fensterluke zum Hof ließ ein wenig Licht herein. Wieder legte sie den Finger auf die Lippen und schob einen der Körbe auf dem Boden zur Seite. Albrecht sah einen größeren Spalt in den Dielenbrettern. Als er sich hinkniete, konnte er schemenhaft Gestalten in dem Raum darunter sehen. Besser noch konnte er hören, was gesprochen wurde.

„… es ist doch keine Art, so einzudringen", rief Hermann in diesem Augenblick laut. „Was ist denn jetzt schon wieder los?"

„Sei still", erklang die Stimme von Hanson. „Wir haben eine schwerwiegende Anklage, der wir nachgehen müssen. Und ja, das hier ist ernsthafter als letzte Woche."

„Diese Hure hier", rief Gero laut, „diese Hure hat bezeugt, dass es in diesem Haus eine Kindstötung gegeben hat. Wir sind hier, um die Beweise dafür zu finden."

„Kindstötung", rief Hermann aus. „Hier passiert wirklich allerhand, aber hier werden doch keine Kinder getötet. Meister Hanson, was soll das?"

Agnes war bei dem Vorwurf zusammengezuckt und hielt sich erneut die Hand vor den Mund. Albrecht sah sie fragend an, doch sie sah weiter durch den Spalt nach unten.

„Nun, mein Kind. Deine Zeit zum Sprechen ist gekommen." Geros Stimme war deutlich zu vernehmen.

„Zeig uns, wo der Leichnam vergraben ist." Ein Schluchzen war zu hören, dann Gepolter.

„Hört auf. Sie versucht doch, zu reden." Hanson schien Gero daran zu hindern, Rebecca erneut zu schlagen. Ihre Stimme war nicht mehr als ein heiseres Flüstern.

„Dort im Garten?", fragte Gero.

„In Gottes Namen, haltet doch mit diesem Wahnsinn ein." Diese Stimme erkannte Agnes, auch wenn sie nicht sehen konnte, woher sie kam.

Gero unterbrach Magdalena schroff. „Sei still, Hexe. Dein Geständnis wird schon früh genug kommen."

Alle Personen schienen in den Hof zu gehen. Albrecht und Agnes versuchten, aus der kleinen Fensterluke zu spähen. Vorsichtig stießen sie den Laden einen Spalt auf und konnten den hinteren Teil des Gartens einsehen. Dort war Rebecca auf die Knie gesunken und wies mit den gefesselten Händen schluchzend in Richtung des Baumes, unter dem deutlich eine frische Erdanhäufung zu sehen war. Zwei der Wachen griffen sich umherliegende Stöcke und scharrten die Erde beiseite. Nach einer Weile hoben sie einen Lumpenhaufen daraus hervor und legten ihn vor Hanson auf den Boden. Die Beteiligten blickten schweigend auf das

Bündel, bis Hanson es mit der Schuhspitze beiseite schob. Vom Fenster aus konnte man nichts erkennen, doch der Anblick musste erschreckend sein. Mehrere Wachen wandten den Blick ab und selbst Gero stöhnte laut auf. Einer der Männer drehte sich zur Seite und erbrach sich.

„Das dürfte Beweis genug sein“, meinte Gero. „Lasst uns wieder in den Schatten gehen.“

Stadtrat Hanson gab leise Anweisungen, woraufhin eine der Wachen unter sichtlichem Ekel das Bündel in einen Korb legte und der Gruppe in die Schänke folgte.

Agnes trat an den Spalt in den Bodendielen und lauschte. Albrecht spähte weiter aus der Luke und untersuchte die Umgebung. Er testete vorsichtig die Kiste, die unter dem kleinen Fenster stand und belastete sie mit dem Fuß. Auf Agnes fragenden Blick murmelte er nur leise: „Fluchtweg.“

„Wir haben hier eine Kindsmörderin. Eine Kräuterfrau, sie ist die Vorsteherin einer, laut Papst Clemens, ketzerischen Gruppe von Weibsbildern. Weiß Gott, was dort alles geschieht. Und wir haben Aussagen über eine Hexe in der Stadt. Mir scheint es unzweifelhaft, dass wir sie endlich gefunden haben.“ In Geros Stimme lag kalte

Freude. „Meister Hanson, diese Frau wird von der Kirche angeklagt und von ihr untersucht. Was ansonsten hier geschehen sein mag, fällt in Eure Obrigkeit. Stimmt Ihr mir da zu?“

Eine Weile sagte niemand etwas. Agnes hoffte, endlich Widerspruch von Hanson zu hören, doch von ihm kam nach einer geraumen Zeit nur: „Ich stimme zu.“

Kurz darauf hörte man Rebecca heiser und kaum verständlich rufen, dass sie unschuldig sei und man sie endlich losbinden möge. „Was ist mit der Dirne hier?“, fragte Hanson.

„Bindet sie meinetwegen los, ihre Aussage haben wir ja“, wies Gero seine Wachen an. „Ich werde mit der Hexe aufbrechen und sie bis zum Prozess in der Burg verwahren. Hanson, ich melde mich alsbald bei Euch.“

Agnes hörte eine weitere Stimme, die ihr merkwürdig vertraut vorkam. „Vater, das ist noch nicht alles. Es hat einen weiteren Fall von schwerer Unzucht gegeben.“

Hansons Stimme klang überrascht und etwas belustigt: „Unzucht? Du weißt schon, wo wir hier sind?“

„Das meine ich nicht“, erwiderte Jan. „Der Spielmann, er gibt sich der Sodomie hin, also er, er ...“

„Ich weiß wohl, was Sodomie ist", polterte Hanson laut. „Das wird ja immer toller hier. Verhaftet ihn, verhaftet meinetwegen alle, wenn es sein muss. Nimmt das denn gar kein Ende?"

Agnes und Albrecht blickten sich erschrocken an. Einen kurzen Augenblick später begriff sie, wie es zu der Beschuldigung von Albrecht gekommen war. Sie selbst hatte in einem unbedachten Moment vor dem jungen Jan davon geredet, dass der Spielmann auf ganz anderen Instrumenten spielen würde.

Panik drohte, sich ihrer zu bemächtigen, als er schon auf dem Weg zu dem kleinen Fenster war. Er stieß die Luke zur Seite und schwang sich behände hinaus. Einen Augenblick glaubte Agnes, er würde sie alleine lassen, als er ihr auffordernd die Hand reichte. Sie stellte einen Fuß auf die Kiste und schwang das andere Bein heraus. Ohne nachzudenken, stieg sie gänzlich durch die Luke und landete auf der Mauer, die an das Haus angrenzte. Im Hof war niemand zu sehen, doch sie hörte im Haus lautes Gepolter die Treppe heraufkommen. Albrecht ging rasch auf der Mauer entlang und sprang ein paar Meter weiter herab. Dann streckte er seine Arme zu ihr herauf, um ihren Sprung abzufangen. Sie befanden sich in einer Seitengasse. Zu ihrem Glück war keine der Wachen an dieser Seite zu sehen. Sie drängten sich dicht an die Mauer und rannten in der Hoffnung, nicht entdeckt zu werden, geduckt durch die hinteren Gassen.

Nach einigen Häuserecken verlangsamten sich Agnes' Schritte. Sie stolperte und hielt sich die Hände an die Seite. „Wir brauchen ein Versteck", keuchte sie. „Ich kann bald nicht mehr."

„Noch ein wenig weiter", befahl Albrecht. „Komm, ich stütz dich."

Sie seufzte auf, aber die Angst ließ sie vorwärts eilen. Nach einer Weile meinte sie: „Hier kommt gleich das hintere Stadttor, sollen wir raus?"

Albrecht überlegte nur kurz. „Nein, dort könnten sie schon sein. Draußen sind wir leichter zu finden und sie haben Pferde."

Agnes' Gesicht hellte sich plötzlich auf. „Komm mit, ich hab' eine Idee."

Eine Weile führte sie ihn durch kleine Gassen und Hinterhöfe. Da es früher Sonntag war, hatten sie Glück und begegneten nur wenigen Bürgern. Sie senkten die Blicke und gingen mit eiligen, nicht zu hastigen Schritten, um nicht weiter aufzufallen. An der Luft und den Geräuschen konnte Albrecht erahnen, dass sie in unmittelbarer Nähe zum Hafen sein mussten. Agnes zog ihn an der Hand durch eine Lücke in einem hohen Weidenzaun. „Hier haben wir als Kinder gespielt. Wenn ich mich nicht täusche, ist das alte Lagerhaus noch immer unbenutzt.“

Sie kamen in den kleinen Hof eines verfallenen, mehrstöckigen Gebäudes. Agnes zog Albrecht weiter zu einer halb angelehnten Tür, die sie mit aller Kraft aufstieß. Nachdem sie hindurch waren, schob er sie wieder zu. Es war dunkel und die Luft muffig. Ihr Erscheinen schreckte ein paar Ratten auf, die hektisch durch den Raum davonliefen. Die wenigen Fenster zu Hof und Straße waren mit Brettern vernagelt, durch die nur wenige Sonnenstrahlen trübes Licht verbreiteten. Auf dem Boden lagen Holzresten und Stofffetzen. Nachdem sich ihre Augen langsam an die Dunkelheit gewöhnt hatten, zeichneten sich Schemen in der Umgebung ab. Dicke Holzbalken standen im Raum und trugen die Decke des Geschosses über ihnen. In einer hinteren Ecke konnten sie eine wackelige Treppe erkennen.

„Nach oben“, sagte Agnes knapp. Sie nutzten die Stufen vorsichtig und er befürchtete, jederzeit mit dem Fuß einzubrechen. Agnes schien die Räume zu kennen und ging weitere Stiegen und Leitern hinauf, bis sie im Giebel des alten Hauses angekommen waren. In den oberen Stockwerken waren bodentiefe Luken zur Straßenseite, die jedoch verschlossen und zum Teil vernagelt waren. Dem Zustand des Lagerhauses und vor allem dem Geruch nach, war hier jahrelang niemand mehr gewesen, um zu arbeiten.

Albrecht war dankbar für das Versteck. Er nutzte die Luken und sah vorsichtig nach, ob irgendetwas von ihren Verfolgern zu sehen war. Dann zog er die Leiter, die sie zuletzt genutzt hatten, hinauf und setzte sich endlich neben Agnes. Sie zitterte am ganzen Leib und er legte tröstend den Arm um sie. „Wir sollten bis zur Nacht warten, unser Glück am Hafen probieren und uns auf einem Schiff verstecken."

Sie seufzte nur tief und lehnte sich gegen ihn. Unter Todesangst zu fliehen, hatte sie noch nicht erlebt. Die Anstrengung und der Schreck waren ihr tief in die Glieder gefahren. Ihre sichere Unterkunft war weg, zur Roten Blume konnte sie nicht mehr zurück. Und jede Wache, jeder Scherge würde sie sofort verhaften. Der Gedanke an das, was dann geschehen würde, ließ sie erneut erzittern.

15 - Montag, 23. Juli 1342

Wentzel verbrachte die Nacht zum Sonntag in der Nähe der Roten Blume. Am Tag davor war er Zeuge davon geworden, wie Rebecca vom Propst wie ein Stück Vieh durch die Stadt geschleift worden war. Sein Gespräch mit ihr hatte sie wohl dazu gebracht, direkt zur Meyborg zu gehen. Mit Sicherheit hatte sie sich den Verlauf der Sache anders vorgestellt. Er empfand kein Mitleid mit ihr. Sie war eine Dirne, sie hatte nicht davor zurückgeschreckt, die anderen Frauen zu verraten. Was auch immer mit ihr geschähe, es wäre nur gerecht. Sehr unwahrscheinlich, dass Rebecca weiterhin im Frauenhaus willkommen sein würde. Doch soweit hatte sie wohl nicht gedacht. Ihr Verrat würde ihr selbst mehr schaden als nützen. Törichte Hure.

Was er empfand, war Genugtuung. Mit ein paar Worten hatte er etwas in Gang gesetzt, das nur gerecht war. Das dem Frauenhaus schadete, Schandtaten ans Licht brachte. Mehr noch als schöne Worte wird es die braven Bürger dazu bringen, weiterhin brav zu sein. Zum ersten Mal hatte er mit Geschick und Intelligenz nachhaltig etwas bewegen können. Nicht allein durch sein Verdienst, doch trug er dazu bei, die Dinge in die rechte Bahn zu lenken. Für einen Moment war es durchaus statthaft, sich dieser Tatsache zu erfreuen.

Er konnte beobachten, wie die Stiftsvorsteherin der Beginen abgeführt worden war. Doch keinerlei Spur von weiteren Angeklagten. Was war mit der anderen, von Rebecca beschriebenen Hübschlerin? Als er die Szenerie beobachtete, fiel ihm auf, dass die Wachen rasch ausschwärmten und zu suchen begannen. War ihnen jemand entwischt? Die Dirne namens Agnes? Er wurde wütend. Es konnte doch nicht so schwer sein, ein dummes Weib zu verhaften.

Er hatte viel erreicht, jedoch nagte es an ihm, dass eine solche Sünderin der Strafe entging. Schließlich hatte Rebecca ihm von dieser Agnes berichtet. Ein hinterlistiges und lasterhaftes Weib, das sogar an einer Kindstötung beteiligt war. Die mit ihren körperlichen Reizen immer wieder ehrbare Männer vom Pfad der Tugend abbrachte. Für Wentzel der Inbegriff der Ursünde. Die stets verführerische Eva, Schuld an der Vertreibung aus dem Paradies. Einmal mehr dachte er darüber nach, wie unnütz Frauen doch im Allgemeinen waren.

Er machte sich auf, die Straßen abzusuchen. Wo könnte sie sich schon verstecken? Niemand würde einer stadtbekannten Hure Obdach bieten, wenn sie von der Obrigkeit gesucht wird. Da er selbst oft genug im Freien übernachtet hatte, würde er einfach in geeigneten Nischen und Winkeln nach ihr suchen.

16 - Montag, 23. Juli 1342

Den letzten Tag und die Nacht über hatten Agnes und Albrecht damit verbracht, abwechselnd Wache zu halten und zu schlafen. Bis auf einen vorbeiziehenden Reitertrupp war keine Bedrohung zu sehen gewesen. Um zufällige Begegnungen zu vermeiden, hielten sie sich von der Straße fern. Leider waren ihre Kleider zu verräterisch. Auch ohne die Laute, die Albrecht im Frauenhaus hatte liegen lassen müssen, waren seine zweifarbigen Beinkleider und das bunte Wams mehr als auffällig. Agnes war ohne ihr Kopfgebinde ohnehin nicht in der Lage, auf die Straße zu gehen, sie würde mit offenem Haar sofort auffallen. Zudem war der Rest ihrer Kleidung eher aufreizend als bescheiden.

Das vordringende Problem waren Durst und Hunger. Sie hatten seit einem Tag nichts zu sich genommen, wobei der Hunger durch die beständige Angst, aufgespürt zu werden, verdrängt wurde, aber der Mangel an Wasser war bei der vorherrschenden Hitze gemein. Albrecht sah sich die Luke genauer an. Er versuchte, einen Fluchtweg aus dem Haus zu finden, sollte unten jemand eindringen. Agnes saß auf einem Stapel alter Säcke und Stoffreste, die als Hülle für Waren gedient hatten. Die meisten Handelsgüter wurden zum Transport auf den Schiffen oder Karren in Säcke und Bündel gepackt und grob zugenäht. Sie saß auf genau solchen Resten.

Sie trennte einen groben Lappen auf und zog längere Fäden heraus. In einer Ecke hatte sie eine dünne alte Ahle aus Holz gefunden, mit deren Hilfe sie versuchte, Stoffstücke zu einem brauchbaren Kleiderersatz zusammen zu nähen. Von ihrem Kleid und Kittel hatte sie die bunten Bänder entfernt, damit sie nicht mehr allzu arg nach einer Hübschlerin aussahen. Schwieriger war es, eine Haube für den Kopf aus den groben Stoffen zu nähen, damit ihre Haare bedeckt waren. Eine Hose und einen Kittel für Albrecht hatte sie bereits fertiggestellt. „Komm zur Anprobe“, rief sie ihm zu.

Er beendete seine Klettertour und trat zu ihr. „Ich bin beeindruckt. Wie hast du meine Größe so genau einschätzen können?“ Dabei hielt er die sackähnlichen Stoffe hoch.

„Ich habe gute Kenntnisse vom männlichen Körper“, erwiderte sie schmunzelnd. „Stell dich nicht an und zieh das über.“

Albrecht lachte leise und warf seine Kleider ab. Agnes warf einen kurzen Blick auf den nackten Mann und seufzte leise. Er stieg in Hose und Kittel, wobei die Hose mit einer Hand hochgehalten werden musste.

„Warte mal." Agnes zog einen Strick um seine Hüften und band ihn fest. Damit hielt das Beinkleid wenigstens. Ein weiterer Strick um den Kittel vervollständigte das Bild. „Ja, so sollte das doch gehen", meinte sie und zupfte an den Sachen herum. „Als einfacher Arbeiter gehst du schon durch."

„Vielen Dank, werte Schneiderin. Ich bin begeistert." Albrecht hüpfte ein wenig und schüttelte sich, um den Halt der Kleider zu testen.

„Du solltest noch deine Haare schneiden, so lang sehen sie doch etwas auffällig aus."

Albrecht fasste sich in seine blonde Mähne. „Bist du dir sicher?"

„Es wäre wirklich schade um die Haarpracht. Zu deinem Glück habe ich nichts dabei, um sie zu färben."

Er nestelte an seinem abgelegten Gürtel herum und knotete einen kleinen Beutel ab. „Ich habe nur noch eine bescheidene Menge an Pfennigen. Für Brot und Bier dürfte es reichen."

Agnes seufzte. In ihrer Kammer war ein hübscher Haufen Münzen versteckt und Albrechts Instrumente lagen im Frauenhaus. Es nützte nichts, den Dingen hinterher zu trauern. Sie waren bisher mit dem Leben davongekommen und das war alles, was zählte.

Sie legte letzte Hand an ihr Kopfgebinde. Es bestand aus kratzigem, grobem Stoff, aber es bedeckte ihr geflochtenes Haar. Damit war sie weit weniger auffällig und ihre gesamte Erscheinung erinnerte kaum noch an die Hübschlerin aus der Roten Blume.

Albrecht trat zu ihr. „Was sagst du?"

Sie sah zu ihm auf und konnte einen kleinen Aufschrei kaum unterdrücken. Sein abgeschnittenes Haar stand ihm strubbelig und ungeordnet vom Kopf ab. Dazu hatte er Ruß und Dreck hinein gerieben, womit er völlig verändert wirkte. „Du meine Güte. Musste das sein?"

„Ich bin deinem guten Rat gefolgt." Sie fuhr mit den Händen durch die unglückliche Frisur.

„Wie hast du es geschnitten?"

Als Antwort hielt er ein Messer hoch. „Auch Spielleute müssen sich wehren oder Brot schneiden können."

„Gib her." Sie griff nach dem kleinen Messer und deutete auf den Boden. Albrecht kniete sich hin und Agnes bemühte sich eine Weile, die Strähnen wenigstens ein bisschen in Form zu schneiden. Dreck und Ruß verteilte sie mit den Fingern, damit sich keine Klumpen bildeten.

Eine Weile später kehrte Albrecht mit etwas Brot und einem Krug Dünnbier aus der Stadt zurück. Sie hatte ihm Recht geben müssen, als Tochter des Frauenhauses war sie zu bekannt, um ihn gefahrlos in die Stadt zu begleiten. Daher war er alleine aufgebrochen, obgleich es ein Risiko war, doch viel länger hätten sie ohne Trinken nicht auskommen können.

„Ich habe keine suchenden Truppen gesehen", erzählte er kauend und spülte den Bissen mit einem Schluck Bier herunter. „Das will nichts heißen, an den Stadttoren wird in jedem Fall nach uns Ausschau gehalten."

Agnes nickte. Selbst in friedlichen Zeiten kontrollierte Meyborg gründlich, wer ein- und ausreiste, nicht zuletzt, um einträgliche Zölle erheben zu können. „Möglicherweise könnten wir in der Nacht durch den Hafen entkommen", meinte sie. „Aber ich kann nicht schwimmen."

„Da wäre noch etwas", sagte Albrecht zögerlich. „Ich habe in einem Gespräch aufgeschnappt, dass es übermorgen eine Hexenverbrennung geben soll. Es ist ja nicht schwer zu erraten, wer da hingerichtet werden wird."

Agnes erbleichte. Eine Weile blieb sie stumm, dann rückte sie an Albrecht heran und suchte Trost in seiner Nähe. Er legte einen Arm um sie und strich ihr sanft über den Rücken. „Die Arme. Das ist so ungerecht und falsch", stieß sie hervor. „Dabei hat sie nur bei der Geburt geholfen. Ohne sie wäre Anna mit Sicherheit gestorben."

„Eine Anklage reicht schon aus. Gerecht ist das auf keinen Fall. Ich bin Hexen nur in Geschichten und Liedern begegnet, wohl aber einigen Frauen mit roten Haaren, mit Kräuterkenntnissen oder mit bösartigen Nachbarn."

„Mir fällt es schwer, an einen gerechten Gott zu glauben. Magdalena hilft Menschen, wo sie nur kann und ein Schwein wie der von Asseburg darf sich Gottesvertreter nennen." Agnes erschauerte. „Und sie soll auf einem Scheiterhaufen enden."

Albrecht nickte. Die meisten Menschen, die er kennengelernt hatte, waren mehr oder weniger gläubig gewesen. Der Gedanke an Himmel und Hölle war allgegenwärtig. Seine Eltern wussten damals genau zwischen Kirche und Gott zu unterscheiden. Sie waren sich bewusst, dass gerade die Männer der Kirche in höheren

Positionen selten ein durch und durch gottgefälliges Leben führten. Das hatten sie Albrecht mitgegeben. Dennoch oder gerade deswegen hatten sie ihn gelehrt, die Macht der Kirche niemals zu unterschätzen. „Das bedeutet, dass auch mein Leben bedroht ist."

Sie drückte sich näher an ihn heran. „Vogelfrei, was für eine üble Vorstellung. Aber für dich ist das weniger neu. Als männerliebender Spielmann bist du wahrscheinlich stets auf der Flucht, oder?"

Vorsichtig schaute sie ihn an. Ihr war bewusst, dass sie ihn durch ihre unbedachte Äußerung gegenüber Jan erst in diese Lage gebracht hatte. Doch er schien nicht zu hinterfragen, wie es zu dieser Anklage gekommen war. Er brummte ein wenig. Wieder strich er über ihren Rücken. „Das ist nicht ganz der Grund, aber ja, das mit der Flucht kenne ich. Blödes Gefühl. Man gewöhnt sich aber daran."

„Wegen mir musst du dir keine Gedanken machen. Wenn man in einem Frauenhaus arbeitet, bekommt man so vieles zu sehen und lernt, dass kaum etwas unnormal ist." Sie seufzte. „Es ist immer nur die Angst der Leute vor dem Unbekannten."

„Kluge Frau", sagte Albrecht nach einer längeren Pause. Ihm wurde zum ersten Mal bewusst, dass Agnes, trotz der Sicherheit, die eine Stadt wie Meyborg bot, nicht erst seit gestern ein gefährliches und herausforderndes Leben führte. Er dachte an die Sache mit der Jungfer in der Gasse. Wie unglaublich nah diese junge Frau an einem völlig ruinierten Leben gewesen war und wie selbstverständlich die Frauen der Roten Blume geholfen hatten. Dennoch war ihr Dasein in der Stadt mit einer einzigen haltlosen Anklage zerstört. Selbst wenn sie sich irgendwie wehren würde, hatte sie keine Chance. Niemand glaubte einer Hure, wenn ein Propst sie anklagte. Dass der Stadtrat die Anklage wegen Hexerei ganz der Kirche überließ, war ein deutliches Zeichen dafür, dass es keinen Weg gab, sich gegen die Vorwürfe zu wehren. Albrecht beschloss für sich, in jedem Fall weiterzuziehen. Wenn der junge Mann ihm Sodomie vorwarf, war er in ernster Gefahr. Ihm war bewusst, dass der Sohn vom Stadtrat sich damit nur hatte schützen wollen. Auch, wenn Albrecht sehr wohl gesehen hatte, dass er nicht direkt an der versuchten Schändung beteiligt war, wäre es für ihn schon schlimm genug, lediglich erwähnt zu werden. Den Angriff mit dem Messer nahm er ihm nicht übel, schließlich hatte Albrecht angegriffen und der Junge seine Freunde verteidigt. Aber wer weiß, wie das im Falle einer Anklage klingen würde. Sollte der Stadtrat seinen Sohn verteidigen, würde das Wort eines umherziehenden Spielmanns kaum etwas wert sein.

„Wir können beide neu anfangen. Wenn wir Meyborg verlassen, können wir machen, was wir wollen. Sein, wer wir wollen.“ Albrecht strich über ihren Rücken.

„Sein, wer ich will? Ich bin immer nur eine Hübschlerin gewesen. Ich kenne nichts anderes.“ Sie öffnete ihre Bundhaube und begann, die geflochtenen Haare zu entwirren.

„Macht doch nichts. Zur Not arbeiten wir bei einem Bauern. Mägde und Knechte werden immer gesucht.“

„Ich käme doch keine drei Dörfer weit.“ Sie seufzte tief. „Als junges Weib kann ich nicht alleine durch die Gegend ziehen, ich würde vom nächstbesten Landstreicher missbraucht und umgebracht werden.“

„Dann lass uns zusammen gehen.“ Albrecht lächelte sie an. „Wir sehen zu, dass wir aus der Stadt kommen und dann gehen wir als Frau und Mann in den Norden. Wo uns niemand kennt.“

Agnes beugte sich vor und sah ihn mit übertrieben großen Augen an. „War das eben ein Heiratsantrag?“

Albrecht zuckte fast zusammen. „Was? Nein. Also, ich meine, ich wollte sagen, es wäre besser, wenn wir zusammen ...“

Agnes lachte leise. „Beruhig dich. Ich hab das schon richtig verstanden.“

Er seufzte leise. „Ich bräuchte ein wenig mehr Zeit und eine etwas andere Umgebung für einen Antrag. Hier sind wir zwar grad sicher, aber lieber wäre es mir dann doch, wenn wir ...“

„Ist ja schon gut. Aber die Idee find ich interessant. In den Norden sagst du? Ins friesische Land?“

Albrecht zuckte mit den Schultern. „Keine Ahnung, wie es da ist. Ich kenn die Friesen nicht. Aber ich kann es mir am Meer schön vorstellen. Warst du schon mal dort?“

„Ich hab durchaus friesische Männer kennengelernt. Die unterscheiden sich auch nicht sonderlich von anderen. Aber dort war ich nicht. Wir sind manchmal auf Bauernhochzeiten im Umland gewesen. Weiter weg war ich noch nie von Meyborg.“

„Wenn sich die Umstände bessern, kann ich dich ja mal mit in den Süden nehmen. Dort gibt es Berge, so hoch, dass du sie nur im Sommer überqueren kannst. Und dahinter ist Land, in das du dich sicher sofort verlieben würdest. Ich könnte dir Genua zeigen, eine Hafenstadt am Mittelmeer. Dort ist es unglaublich warm und die Menschen sind ganz anders, offen und lebensfroh."

„Und wir hier sind nicht fröhlich, oder was?"

„Doch, aber nein, anders. Ach, ich zeig dir das irgendwann mal, dann weißt du, was ich meine."

„Du bist als Spielmann weit herumgekommen. Das hätte ich mich nicht getraut."

Er lachte leise. „Das hätte ich mich damals auch nicht grundlos getraut. Aber das war meine Junkerreise. Da musste ich über die Alpen nach Genua und durch das Frankenland zurück. Das war schon ein ziemliches Abenteuer."

Agnes blickte ihn erstaunt an. „Du bist Junker?"

„Sogar Ritter. Aber das ist ein anderer Teil meines Lebens. Und das ist im Übrigen der Grund für mein Leben auf der Straße. Entweder armer Spielmann oder als irgendein gesichtsloser Ritter in einer bedeutungslosen Schlacht für einen Papst verrecken."

„Sogar Ritter? Also jetzt überraschst du mich völlig." Sie musterte ihn neugierig. Das erklärte seinen durchtrainierten Körper und die kleinen Narben.

„Ich hätte gedacht, dass du Leute nicht nach ihrer Kleidung beurteilst", sagte er lachend.

„Glaub mir, ich beurteile die Leute weniger nach ihrer Kleidung, als du denkst. Das lernt man schnell als Dirne. Aber lernt man als Ritter, Musik zu machen?"

„Na also nicht zwangsläufig. Ich habe es schon als Junge geliebt, zu musizieren. Und dann hatte ich Glück, in diese Richtung weiter gefördert zu werden."

„Und die andere Zeit hast du gelernt, Leute zu schlachten?", erwiderte sie leicht spöttisch. „Jedenfalls erklärt das deine Muskeln."

Albrechts Stimme war ein wenig belegt. „Für das Töten von Menschen braucht es kaum Muskeln. Wenn man sich einmal überwunden hat, ist es erschreckend leicht."

Agnes streichelte entschuldigend seinen Arm. Dem Tonfall nach war das ein empfindlicher Punkt.

„Es ist der Grund, aus dem ich mich dazu entschieden habe, ein anderes Leben zu führen. Mein Vater hat sich mit der Kirche angelegt. Nicht schlimm, aber genug, um in Ungnade fallen zu können. Ich sollte deswegen als zweiter Sohn und Ritter in die päpstliche Armee. Sozusagen ein lebendes Friedensangebot."

„Ist das so schlimm?"

„Es kann wahrscheinlich auch ganz in Ordnung sein. Aber nachdem der letzte Papst im Frühling gestorben war, wurde Pierre Roger zum neuen Oberhaupt. Als Clemens der Sechste. Und der gilt als ausgesuchter Freund von Kreuzzügen.“ Albrecht zuckte mit den Schultern. „Es ist für mich in Ordnung, das eigene Land zu verteidigen. Oder vielmehr die Leute, denen man verbunden ist. Nur das Leben für irgendeinen aggressiven und rücksichtslosen Plan wegzuwerfen, das macht für mich keinerlei Sinn. Weder im Namen der Kirche, noch für irgendeinen machtgeilen Eiferer.“

„Also hat dein Vater dich im Grunde verkauft?“

„Wenn du so willst, ja. Er wusste nicht, dass Roger der neue Papst wird, das Versprechen galt seinem Vorgänger. Aber das macht es nicht wirklich besser, oder?“

„Ich weiß es nicht. Klingt aber danach, als ob er dich nicht fortgeschickt hätte, wenn du der Erstgeborene gewesen wärst, oder?“

„Ja, wahrscheinlich nicht. Ich habe Verständnis dafür, wenn er mir einen Lebensweg aussucht, bei dem ich nicht im Elternhaus auf ewig im Schatten meines Bruders stehe. Aber für einen Ritter gibt es weit mehr Möglichkeiten, als in der päpstlichen Armee einen dümmlichen Tod zu sterben.“

Agnes kuschelte sich mit dem Rücken an ihn. „Ich bin froh, dass du hier bist, mein Ritter. Lass uns jetzt ein wenig schlafen, es ist spät und ich bin hundemüde. Und wenn du Angst hast, keine Sorge, ich beschütz dich."

Sie legten sich zur Seite in die Stoffreste. Agnes seufzte tief und drückte ihren Rücken an ihn. Nach einer kurzen Weile nahm sie einen Arm von ihm und legte ihn um sich. So lagen sie, umschlungen und weich, während die Nacht anbrach. Seine Arme gaben ihr das Gefühl von Schutz, die Umarmung war schön. Nach einer Weile spürte sie, dass sich seine Männlichkeit stark regte und gegen ihren Po drückte. Im ersten Moment wollte sie das ignorieren, doch sie hatte genug Erregung bei Männern erlebt, das war keine unbewusste Reaktion während der Nacht, das war spürbares Begehren.

„Woran denkst du grad? Oder an wen?", fragte sie leise.

Anscheinend wurde Albrecht die Situation erst jetzt bewusst, er rückte mit dem Unterleib ein wenig von ihr ab. „Entschuldige, aber das sind deine Haare." Sein Kopf lag dicht an dem ihren, er musste tatsächlich die offenen Haare im Gesicht haben.

„Meine Haare?“, fragte sie erstaunt. „Erinnern die dich an jemanden?“

„Nein. Und auch dein Hintern. Das macht es grad nicht leicht.“

„Wieso mein Hintern?“ Jetzt war Agnes völlig verwirrt.

Albrecht seufzte tief. „Weißt du, wenn man ein Geheimnis mit sich herumträgt, also zum Beispiel, dass man auf der Flucht ist, dann hilft es manchmal, dass die Leute glauben, ein anderes Geheimnis von dir zu kennen. Dann fragen sie nicht weiter nach.“

Langsam begann sie zu verstehen. „Du willst mir sagen, du bist gar nicht …“

„Angefangen hat das in einer anderen Stadt, in einer anderen Schänke. Die Frauen dort sind davon ausgegangen, dass ich Männer bevorzugen würde. Und ich habe sie nie berichtigt. Auch weil sie deswegen, na ja, freundlicher zu mir waren.“

Sie betrachtete ihn länger und rückte ein wenig von ihm ab.

„Also zu meiner Verteidigung“, sagte er. „Ich hab das nie behauptet. Irgendwie haben das alle von alleine angenommen. Auch Trude hat das so aufgenommen.

Ich hab es nur nie richtiggestellt. Was vielleicht ein Fehler war."

„Das macht es nicht besser." Ihre Stimme klang wütend.

Er setzte sich auf. „Und ich hab das nie ausgenutzt. Also um mit einer Frau, also …"

„Ach hör doch auf", fauchte sie. „Klar hast du das ausgenutzt. Ich hab dir grad meinen Hintern hingehalten."

„Aber ich hätte doch nichts gemacht. Nur mein Körper hat mich verraten. Sonst hab ich doch nichts getan."

„Na ja eben", gab sie wieder schroff zurück. Dann fiel ihr auf, wie widersprüchlich das war. Und kicherte leise. „Was musst du im Badehaus durchgemacht haben, als ich mit dem Händler in der Wanne war."

Er seufzte laut. „Du glaubst ja gar nicht, wie gemein das war. Und wie froh ich war, die Laute vor mir zu haben."

Agnes dachte über die Situation nach. Das war jetzt eine weitere, verwirrende Sache zu den vielen anderen Ereignissen. Sie musste ihm Recht geben, er hatte nie einen Vorteil daraus geschlagen, dass die Frauen ihn so vertrauensvoll aufgenommen hatten. In der Roten Blume hatte er in der Küche geschlafen, er hätte sich ohne weiteres zu einer der Frauen legen können. Und selbst gesagt hatte er nie, dass er Männer bevorzugen würde, das behaupteten nur andere. Und sie war sogar sauer gewesen, dass er sich vermeintlich nicht für sie interessiert hatte. „Und jetzt waren es meine Haare?“

„Ja, der Geruch.“

„Und mein Hintern?“

„Der macht es ganz und gar nicht leichter.“

Sie sollte sich doch eigentlich freuen. Sie hatte ja ursprünglich gehofft, er würde sich für sie interessieren. Und jetzt? Jetzt war sie sauer, dass er sie getäuscht hatte. Obwohl sie vorher enttäuscht gewesen war, dass er sich nicht für sie interessierte? Dazu kam, dass es ihre leichtfertige Bemerkung gegenüber dem Sohn des Ratsmitglieds gewesen war, die ihn in Schwierigkeiten brachte.

Er unterbrach ihren Gedankengang: „Ich schlage vor, wir schlafen erst einmal drüber. Morgen sollten wir nachsehen, was mit Magdalena ist. Und wie wir aus der Stadt kommen.“

„Du machst mich fertig.“ Agnes legte sich wieder hin und wandte ihm den Rücken zu. „Zur Strafe kannst du von meinem Hintern träumen. Ohne ihn zu berühren."

Schweigend legte er sich wieder hin. Wobei er darauf achtete, etwas Abstand zwischen ihnen zu haben. Nach einer Weile sagte er leise: „Ich bin froh, dass du das alles über mich weißt. Eigentlich hasse ich diese ganzen Lügen."

„Schlaf jetzt, Ritter", sagte sie leise. Dann fügte sie hinzu: „Heißt du eigentlich wirklich Albrecht?"

„Nein", sagte er. „Gerhard. Den Namen Albrecht hab ich mir neu ausgesucht."

„Ritter Gerhard.", murmelte sie leise. „Ich mag Albrecht den Spielmann lieber." Lächelnd schlief sie ein.

17 - Dienstag, 24. Juli 1342

Mit einem Botengang schickte sein Vater ihn aus dem Haus. Er solle ein kleines Paket zum Wagner Jonas bringen. Beide wussten, dass Jan sich mehr Zeit nehmen würde, als für den Weg notwendig war. Das war die Art seines Vaters, ihm zu zeigen, dass er zufrieden war. Sein Sohn hatte sich in seinen Augen gut benommen und es könnte vielleicht doch ein würdiger Nachfolger aus ihm werden. Zudem war ihm die Tochter des Wagners versprochen worden, eventuell erhoffte er sich, sein Sohn würde sich mit der zukünftigen Familie frühzeitig gut stellen.

Jan ging in Richtung der Bogengasse, in der einige Handwerker ihre Werkstätten hatten. Was in dem kleinen Paket war, wusste er nicht. Ein Werkzeug oder vermutlich eher ein Klumpen Bienenwachs als Schmiermittel für die Achsen oder so. Es war ihm im Grunde egal. Er summte eine tonlose Melodie vor sich hin, während er den Menschen und Tieren auf der Straße auswich. Seine Laune verbesserte sich erheblich, seitdem er sich durch seine Anklage in der Roten Blume eines seiner größten Probleme hatte entledigen können.

Selbst wenn der Spielmann etwas sagen würde, könnte ihm niemand mehr so recht glauben.

„He, der junge Hanson. Was bringst du mir Schönes?“ Ein großgewachsener Mann mit Holzspänen in Haar und Bart sprach ihn an. Jan war in den Hof des Wagners eingekehrt. Um ihn herum arbeiteten mehrere Gehilfen an hölzernen Dingen, die irgendwann ein Rad oder einen ganzen Karren ergeben sollten.

„Mein Vater schickt mich, um einen schönen Gruß zu bestellen und dieses Paket zu überliefern.“

„Ah, wunderbar, das kommt gerade recht.“ Der Handwerker nahm das Paket, das in seinen großen Händen deutlich kleiner aussah, an sich. „Und? Lust, hier mitzuarbeiten? Echte Arbeit, nicht nur im muffigen Kontor sitzen?“ Der Wagner lachte und klopfte Jan herzlich auf den Rücken.

Jan zuckte mit den Schultern. „Sieht nach schöner Arbeit aus, aber alles, was ich zustande bringen könnte, wären eckige Räder.“

Wieder lachte der Wagner und klopfte ihm zum Abschied auf die Schulter. Es mochte erfüllend sein, etwas mit seinen Händen herzustellen, doch Jans Lebensweg war vorgezeichnet. Er würde bei seinem Vater arbeiten, am Schreibtisch sitzen, mit fremden Menschen handeln und, wenn es gut lief, würde er eines

Tages einen Sitz im Stadtrat bekommen. Für die schwere körperliche Arbeit war er nicht gemacht. Die Tochter des Wagners würde nach der Hochzeit ins Haus seiner Familie ziehen. Wenn er Glück hatte, konnte er mit der Mitgift und der Hilfe seines Vaters in ein paar Jahren ein eigenes Haus in der Stadt bauen. Platz gab es genug und es half, wenn man der Sohn eines Ratsmitglieds war.

Es war Nachmittag, die sommerliche Hitze drückte auf die Stadt nieder. Er könnte geraden Wegs zurück an seinen Schreibtisch gehen oder ein paar Umwege machen. Warum nicht die momentane Gunst seines Vaters ausnutzen und ein wenig umherstreifen? Seine Gedanken galten Agnes. Sie war geflohen, mit dem Spielmann. Die Häscher der Stadt hatten einen Tag lang intensiv nach ihnen gesucht, aber sie waren spurlos verschwunden. Ob sie es aus den Stadttoren geschafft hatten, bevor die dortigen Wachen gewarnt worden waren oder ob sie in der Stadt waren, wer wusste das schon? Sehr schade, er hätte Agnes in der Blume besuchen und sich ein wenig mit ihr im Stroh vergnügen können. Bedauerlich. Andererseits gab es sicher mehr als nur eine hübsche Frau dort. Neue Erfahrungen mit anderen Dirnen? Der Gedanke an Agnes versetzte ihm einen kleinen Stich. Er hatte schon das Bedürfnis, sie zu sehen.

Ob sie noch in der Stadt war? Und wenn ja, wo versteckte sich eine Hure auf der Flucht? Ihm kam der waghalsige Gedanke, sie selbst zu finden und der Stadtwache zuvorzukommen. Aber was, wenn es ihm gelänge? Er müsste sie aus der Stadt schaffen und bei einem der Bauern in der Umgebung unterbringen. Dort könnte sie als Magd arbeiten und wenn alle sie vergessen hatten, dann könnte er sie zurück in die Stadt holen. Vielleicht hatte er bis dahin einen eigenen Hausstand gegründet und sie könnte bei ihm angestellt werden. In der Zwischenzeit würde er sie auf dem Bauernhof besuchen, wann immer er wollte. Für die Rettung würde sie ihm sicher dankbar sein und sich ihm hingeben. Bei dieser Vorstellung wurde er sehr unruhig.

Wo sollte er suchen? Versetz dich in ihre Situation, sagte er zu sich. Wo würdest sie hingehen? Zu Freunden wahrscheinlich. Hatte eine Dirne Freunde? Eher nicht, die Menschen, die sie kannte, waren entweder Kunden oder verachteten sie ob ihrer Tätigkeit. Es war wahrscheinlicher, dass sie sich versteckte. So lange, bis sie unbemerkt aus Meyborg herauskam. Auf einem Wagen oder Schiff heraus geschmuggelt. Ja genau, einer der Lastkähne. Viel Platz und viele Verstecke zwischen der Fracht. Falls man sie erwischt, könnte sie sich den Männern auf dem Kahn zum Schutz anbieten. Eine Vorstellung, die ihn unbewusst erregte.

Er ging in Richtung des Hafens. Wenn ihn keine Geschäfte hierher führten, vermied er die Gegend. Den Gestank von Fisch und modrigem Schlamm hatte er nie gemocht. Es war jedes Mal ein Gefühl, als drang er in eine fremde Welt ein. Die Menschen hier waren rauer, die Wege dreckiger. Sein Vater teilte sich mit einem anderen Kaufmann ein Lagerhaus und von Mal zu Mal musste er die Ankunft oder Umverteilung von Gütern überwachen. Listen führen und Anweisungen geben war zwar eine Abwechslung zur Schreibstube, doch das bedeutete Gebrüll, grobe Witze und eine gehörige Portion Schweißgeruch. Nach solchen Tagen hatte er stets das Bedürfnis, sich im Badehaus gründlich zu waschen.

Nach einiger Zeit kam er an die Wasserlinie. Die Kähne luden und entluden wie eh und je. Karren wurden von schwitzenden Hafenarbeitern beladen, Ballen wurden am quietschenden Giebelrad in die höheren Räume der Lagerhäuser gehievt. Die Markttage spülten einige Geschäfte nach Meyborg. Auch sein Vater hatte Lieferungen vereinbart, doch er erwartete erst Anfang nächster Woche neue Waren, die die Ems herunterkommen sollten. Ihm fiel auf, dass die Schiffe höher als sonst im Wasser lagen, die Reling eines Frachtkahns ragte ein gutes Stück weiter über die Kaimauer als sonst. Nur bei stärkerem Nordwind wurde das Wasser von der See den Fluss so deutlich hochgedrückt. Im Frühling und Herbst konnte es zu kleinen Überschwemmungen kommen. Daher lagerten alle verderblichen Sachen immer in den höheren Stockwerken, sollte das Wasser über die Ufer treten. Doch mitten im Sommer war das nicht zu erwarten. Jan sah einen ihm bekannten Schiffer neben seinem Kahn stehen. Er hielt ein dickes Tau in den Händen, das er um einen der hölzernen Poller binden wollte. „Heute ist aber viel Wasser im Fluss," sprach er ihn an.

„Ah, der junge Herr Hanson, nicht? Meinen ergebenden Gruß." Er reichte ihm die schwielige Hand, die Jan schüttelte. Auch wenn er kein Freund von solchen Berührungen war, hatte ihm sein Vater immer wieder gepredigt, dass man als Händler stets auf die Menschen eingehen musste. Und zwar genau so, wie es gerade gewünscht war. Ob man das nun mochte oder nicht.

„Du legst wieder ab?", fragte Jan.

„Nein, nein, komm grad an. Ich muss nachvertäuen. Das Wasser steht hoch und steigt immer noch." Der Schiffer deutete stromaufwärts und kratzte sich den sonnengegerbten Nacken. „Da kommt das Wasser schneller den Fluss herunter als der Regen vom Himmel. Wird nass von oben und unten."

„Es gibt Regen?" Jan freute sich, auf die Voraussagungen der Schiffer war Verlass.

„Joah, würde mal sagen, eine ganze Menge. Ist viel Wasser in der Ems. Zu viel, wenn Ihr mich fragt."

„Im Moment wäre mir jede Abkühlung recht."

Eine kurze Weile starrte der Schiffer in Richtung Süden. Nachdenklich sprach er: „Ich würde Eurem Vater raten, alle Waren ein Stockwerk höher zu bringen."

Jan fragte sich, ob das mitten im Sommer nicht ein wenig übertrieben war. Er sollte seinem Vater von dem Gespräch erzählen, aber ob der daraufhin irgendwas unternehmen würde, wagte er zu bezweifeln. Er verabschiedete sich und ging die Kaimauer entlang. Das Wasser der Ems war nicht nur höher, es war auch trüber als sonst. Wahrscheinlich hatte es weiter oben Überschwemmungen gegeben, sodass mehr Uferschlamm und Erde von den Wiesen abgetragen worden war. Eventuell war es doch angeraten, mit seinem Vater zu reden. Jetzt, wo er in seiner Gunst stand, wäre es ja nicht schlecht zu zeigen, dass er sich um die Geschäfte kümmerte und Verantwortung übernehmen wollte.

„Bitte, guter Herr“, sprach ihn plötzlich eine weibliche Stimme an. Jan drehte sich zur Seite. Dort stand eine junge Frau, die eine Hand auf seinen Arm gelegt hatte. Ihre Kleidung war unordentlich, das Gebinde um den Kopf nur locker gewickelt, sodass ein paar Haarsträhnen daraus hervorlugten. Erschreckender war ihr Gesicht. Ein Auge war zugeschwollen und die Lippen aufgeplatzt und blutverkrustet. Trotz des deformierten Aussehens kam sie ihm bekannt vor. Aber woher? Ein wenig erschrocken schüttelte er ihre Hand von seinem Arm. Sie drängte sich weiter an ihn. „Bitte, helft mir, gebt mir etwas Geld, ich habe seit gestern nichts mehr gegessen.“

Seine Hand fuhr unbewusst zu seinem Almosenbeutel am Gürtel. Ein paar Münzen waren stets darin. Ein wenig Geld zu geben, gehörte zu den christlichen Pflichten und war eine Gewohnheit, die je nach Mildtätigkeit mal mehr, mal weniger großzügig ausfiel. Er griff hinein und drückte ihr eine kleine Menge Geldstücke in die Hand. Als er sich abwenden wollte, hielt sie ihn weiter fest. „Ich könnte Euch dienlich sein, Herr, wenn Ihr möchtet.“

„Wie solltet Ihr mir schon dienlich sein“, fuhr er sie schroff an. Eigentlich hatte er erwartet, in Ruhe gelassen zu werden.

„Ich könnte zu Gefallen sein, Herr. Ich weiß, wer Ihr seid“, fuhr sie fort. „Ich kenne Euch aus der Roten Blume.“

Ihm wurde klar, wer sie war. Die Dirne, die ihre eigenen Leute angeklagt hatte. Die von Gero von Asseburg geschlagen worden war. „Sie haben dich rausgeschmissen, was?“ Er wollte seine Verachtung für sie nicht verbergen. Es würde ihn nicht wundern, wenn sie von ihren Leuten auch noch verprügelt worden war. Recht hin oder her, wer seine eigenen Kollegen verrät, sollte kaum auf Verständnis hoffen.

„Wenn Ihr wollt, kann ich für Euch arbeiten. In Eurem Haushalt. Dann könnt Ihr mich jederzeit haben.“

Wie tief war sie innerhalb weniger Tage gesunken? Verprügelt, auf die Straße geworfen und von allen verachtet. Wie wenig musste sie nachgedacht haben? War ihr nicht klar, dass eine Hure von niemandem ernst genommen wurde? Ihre Anbiederung widerte ihn an. Dazu noch das verquollene Gesicht und das heruntergekommene Aussehen. „Scher dich fort. Ich kann nichts für dich tun." Er stieß ihre Hand weg und wollte sich umdrehen.

Doch sie klammerte sich weiter an ihn. „Bitte, ich könnte Euch lieben."

„Lass los, Weib." Jan stieß sie so grob zur Seite, dass sie hinfiel. Seine Verachtung schlug in Wut um. Eilig entfernte er sich und lief weiter die Straße herunter. Wie konnte sie sich nur erdreisten?

Seine Gedanken kehrten zu Agnes zurück. Er wollte keine beliebige Hure, er wollte sie. Sie vor den Häschern der Stadt retten und ihre Dankbarkeit erlangen. Auf dass sie sich ihm hingibt. Wo würde er sich an ihrer Stelle verstecken? In einem der Hinterhöfe? In irgendwelchen Büschen? Einem Gartenschuppen? Er begann, sich die Stadt vorzustellen. Viele der Häuser waren neu, lediglich der Teil um den Hafen herum gehörte zur Altstadt. Hier gab es vereinzelte Ruinen, die in den letzten Jahren begehrte Bauplätze geworden waren. Das wären gute Verstecke. Er ging langsam an der Wasserkante entlang. Neben dem Lagerhaus seines Vaters gab es eine Ruine, doch die Arbeiter waren selbst in der prallen Sonne eifrig damit beschäftigt, die Reste des Hauses abzutragen. Einige Häuser weiter kam er an einem verlassenen Lagerschuppen vorbei. Soweit er sich erinnerte, hatte es Erbstreitereien gegeben, das Haus stand leer, seit er es kannte. Als Versteck erschien es ihm ideal.

Jan ging an die Vorderseite. Die doppelflügelige Tür war mit dicken Brettern vernagelt und die Fenster im Erdgeschoss waren ebenfalls versperrt. Unwahrscheinlich, dass sich hier jemand Einlass verschaffen würde. Er wanderte weiter, bis er an einen schmalen Durchgang zum hinteren Bereich kam. Gerade breit genug, um einen Sarg durchtragen zu können, ganz wie es die Bauvorschriften der Stadt vorsahen. Er ging durch den Gang, bis er die Hinterseiten der Häuser sehen konnte. Bei Wohnhäusern nutzte man diese Flächen als Garten, doch für die Lagerhäuser waren es willkommene Abstellflächen. Er kletterte über Stapel von alten Brettern und kaputte Kisten, bis er den Hintereingang des verlassenen Hauses erreichte. Auch hier waren die Fenster verrammelt, doch eine kleine Tür schien benutzbar. Aufregung machte sich in ihm breit.

Albrecht schreckte auf, als er im Untergeschoss lautes Kratzen und Quietschen hörte. Agnes und er hatten sich für eine Weile in der drückenden Nachmittagshitze hingelegt. Er erinnerte sich an die Geräusche der baufälligen Tür.

„Was ist …“, murmelte Agnes, doch Albrecht legte schnell einen Finger auf ihre Lippen.

Dann deutete er nach unten. Nach einer kurzen Weile des Horchens rückte er nah an ihr Ohr und flüsterte: „Es klingt nach nur einer Person. Mach schnell, wir müssen weg."

Sie sah ihn mit großen Augen an. Ihre Hände begannen leicht zu zittern. Dann griff sie hastig und leise den leeren Bierkrug und versteckte ihn unter den alten Säcken. Albrecht zerwühlte mit ein paar Handgriffen ihr provisorisches Lager auf den Stoffresten und ging zu einem niedrigen Loch in der Decke am seitlichen Giebel. Schon am Vortag hatte er diese Stelle als möglichen Fluchtweg ausgesucht. Agnes folgte ihm. Es gefiel ihr überhaupt nicht, durch das Loch auf das Dach zu klettern, doch sie hatten keine Wahl. Leise zog sich Albrecht durch die Lücke auf die schräge Giebelmauer. Von hier ließ sich das angrenzende Dach mit einem Schritt erreichen. Als er oben war, reichte er ihr die Hand und zog sie hinauf. Agnes hielt sich ängstlich an den bröckeligen Ziegeln fest. Auf der einen Seite befand sich das baufällige Dach des Schuppens und auf der anderen Seite das Dach des Nachbarhauses. Auf der Giebelmauer standen sie zwar halbwegs sicher, doch es wäre leicht, sie durch das Loch zu entdecken. Sie mussten von hier weg, auch wenn die steilen Ziegel nicht gerade vertrauenserweckend waren. Würden sie auf dem

Dach abrutschen, wäre der Sturz aus dem dritten Stock mit Sicherheit tödlich.

„Ich kann das nicht“, zischte Agnes leise und blickte ihn mit erschrockenem Blick an. Mit aller Kraft hielt sie sich an den Steinen der Giebelwand fest.

„Wir müssen“, flüsterte er zurück. „Mach es mir einfach nach, ich weiß, wie wir sicher wegkommen.“ Er kletterte auf der Giebelmauer nach oben, bis er den Dachfirst erreichte. Breitbeinig setzte er sich auf den Dachreiter des Nachbarhauses und rutschte langsam nach vorne. Nach einem kurzen Stück warf er einen Blick über die Schulter und sah zu seiner Erleichterung, dass Agnes ihm folgte. Langsam, aber stetig bewegte sie sich, bis auch sie den Dachreiter erreichte. Seinem Beispiel folgend, setzte sie sich breitbeinig darauf und rutschte ihm nach.

Jan verharrte einen Augenblick in der Dunkelheit des Hauses. Sonnenlicht fiel durch die Lücken in den vernagelten Fenstern und hinterließ Streifen staubigen Lichts. Seine Augen gewöhnten sich langsam an die Dunkelheit und er ging vorsichtig durch den Schutt. Die dicken Balken, welche die oberen Geschosse trugen, waren breit, doch nicht breit genug, um sich dahinter zu verbergen. Er fand eine wackelige Stiege, die weiter nach oben führte. Vorsichtig stieg er hinauf, bedacht, nicht in die Lücken der morschen Bretter zu treten. Das nächste Geschoss war heller, doch auch hier gab es nicht viel zu sehen. Gierige Hände hatten schon vor Jahren alle Dinge von Wert mitgenommen. Langsam stieg er die Treppe zum nächsten Geschoss hinauf. War dort nicht Geraschel zu hören?

Albrecht rutschte auf dem First weiter. Ein paar Mannlängen vor ihm ragte ein breiter Schornstein aus dem Dach. Rundum war ein kleiner gemauerter Sims, breit genug, um bequem darauf zu stehen. Eiserne Griffe, die den Dachdeckern als Halt für ein Gerüst gedient hatten, waren in die Ziegel eingelassen. Er griff danach, stellte sich auf die Kante und reichte Agnes eine Hand. Er zog sie zu sich und sie griff erleichtert nach dem eisernen Haken. Mit kleinen Schritten gingen sie um den Rauchabzug herum. So waren sie vor Blicken aus dem Loch im Dach verborgen. „Wir sollten hier warten“, meinte er leise.

Agnes nickte nur und klammerte sich an einen der Griffe, so fest sie konnte. Ihr Atem ging schnell und sie bemühte sich, nicht zur Seite über die Dachkante zu sehen.

Das Dachgeschoss war durch eine Luke zu erreichen. Jan sah sich nach einer Leiter um, doch bis auf zwei Kisten konnte er nichts Brauchbares entdecken. Er trug die Kisten unter die Luke, stellte sie übereinander und stieg darauf. Jetzt konnte er den Kopf nach oben strecken. Der Dachboden war bis auf einige alte Säcke und jede Menge Taubendreck leer. Es war wohl nur Getier, das geraschelt hatte. Missmutig kletterte er wieder nach unten. Sein Vater würde inzwischen auf ihn warten.

Nach einer gefühlten Ewigkeit kletterte Albrecht vorsichtig zu dem Loch im Dach zurück. Er lauschte lange und winkte schließlich Agnes zu. Als sie beide wieder auf ihrem Lager saßen, hielt er sie im Arm, bis sie nicht mehr zitterte.

„Das war knapp", meinte er nur kurz. Sie nickte und seufzte tief. Hier konnten sie nicht bleiben, morgen früh mussten sie sich einen Weg aus der Stadt suchen.

18 - Mittwoch, 25. Juli 1342

Gero von Asseburg war zufrieden. Mit sich und damit, wie die Dinge sich entwickelten. Seit dem frühen Morgen war er in der Stadt, um die Errichtung des Scheiterhaufens persönlich zu überwachen. Zu seiner Überraschung war der Himmel wolkenbedeckt und ein starker Wind zog von Süden her. Er beschloss, es zu begrüßen, seine Bauern würden endlich ihren Regen bekommen. So liefen die Dinge gut.

Schon am Vortag hatte man einen großen Pfahl auf dem Marktplatz aufgestellt. Arbeiter der Stadt hatten in der Feuerstelle ein Loch ausgehoben und darin einen Baumstamm versenkt. Nun hievten sie große Reisigbündel von zwei Karren, die ebenfalls am Vortag angeliefert worden waren. Rund um den Stamm wurden die Bündel geschichtet, bis zu einer Höhe von fast fünf Fuß. Darauf wurde eine kleine Plattform aus Brettern errichtet. Gero saß auf seinem Pferd und betrachtete zufrieden die Arbeiter, die den Scheiterhaufen beinahe fertig hatten. In etwa einer Stunde würde Magdalena mit einem Karren von seiner Burg herangefahren werden. Damit hoffte er, die größtmögliche Aufmerksamkeit zu erregen. Schließlich galt es, die Bürger davon zu überzeugen, sie vor einer Hexe gerettet zu haben. Vor der Stadthexe aus Meyborg. Das würde ihm in vielerlei Hinsicht zu mehr Anerkennung verhelfen.

Ein Tropfen klatschte auf seinen Kopf. Dann noch einer. Gero zog die Stirn kraus. Der ganze Reisig würde in strömendem Regen nur schwerlich Feuer fangen. Und das kam nicht in Frage. Nach kurzer Überlegung wies er die Arbeiter an, Öl zu besorgen. Sei es bei Händlern oder aus den Vorräten seiner Burg.

Als der Regen anfing, verließen Agnes und Albrecht den Speicher. Am Vortag war er kurz in der Stadt gewesen. In Gesprächen hatte er aufschnappen können, dass die Verbrennung für diesen Mittwoch angesetzt worden war. Am Abend hatten sie stundenlang diskutiert, wie sie helfen konnten, aber ihnen war kein sinnvoller Weg eingefallen. Nur wollte Agnes nicht gehen, ohne es wenigstens versucht zu haben. Der Regen war ein wahrer Segen. Er senkte die Temperatur und lenkte die Menschen ab. Mit den von Agnes genähten Kleidern und der veränderten Frisur von Albrecht waren sie etwas mutiger. Trotzdem war es ein Risiko. Agnes improvisierte aus den Stoffresten zwei unförmige Hauben. Damit sahen sie idiotisch aus, aber es schützte ein wenig vor dem Regen und bedeckte teilweise das Gesicht. Auf den Straßen liefen viele Menschen geschäftig umher. Es wurden Waren in die Häuser getragen, Läden wurden hastig vor den Fenstern geschlossen und trotz der Eile schienen die meisten Menschen den Regen zu genießen. Selbst Agnes und Albrecht waren nach den letzten unangenehm heißen Tagen froh, die regennassen Kleider auf der Haut zu spüren. Agnes führte sie durch kleinere Gassen in Richtung des Marktplatzes. Bevor sie den Platz betraten, hielt er sie zurück. „Du weißt, dass wir vielleicht nichts ausrichten können?“

„Dann stirbt sie in der Gesellschaft einer Freundin“, stieß Agnes bitter hervor. Sie reckte ihr Kinn ein wenig nach vorne. „Ich bin keine Idiotin, Albrecht, aber ich will in alle Ewigkeit verdammt sein, wenn ich es nicht wenigstens versuche.“

Albrecht nickte ihr ernst zu. Er war beeindruckt. Sehr sogar, und er nahm sich vor, alles Erdenkliche zu versuchen, um zu helfen. Wozu hatte er gelernt, ein Schwert zu schwingen? Zugegeben, das Schwert war jetzt ein Dolch, aber die Gegner waren wenig ausgebildete und inzwischen völlig durchnässte Stadtwachen. Er hoffte, dass es zu keinem offenen Kampf kommen musste, doch wer konnte sich schon alle Bedingungen vorher auswählen?

Sie gingen langsam zur Mitte des Marktplatzes. Es standen vereinzelte Gruppen weniger Leute umher. Normalerweise wären bei solch einem Ereignis schon Stunden vor dem Beginn viele Zuschauer anwesend. Selbst bei Regen wäre das ein Ereignis, das sogar Schaulustige von außerhalb anlocken würde. Agnes ging auf einen älteren Herren zu, dessen Kleidung seinen niederen Stand verriet. Ein Handwerker, die lederne Schürze erzählte von seiner Arbeit mit Metall.

„Guter Mann, warum sind denn hier so wenige Menschen?"

Er blickte sie überrascht an. „Sei gegrüßt, Weib", erwiderte er. „Die meisten bringen ihr Hab und Gut in den ersten Stock. Die Ems steht schon bis zur Hafenkante, es gibt Hochwasser."

Sie wandte sich ab und sprach leise mit Albrecht. „Hochwasser. Ich weiß nicht, ob das gut oder schlecht für uns ist?"

„Im Zweifelsfall ist das gut", meinte er. „Jede Ablenkung kann uns nur recht sein." Er sah sich intensiv um. Seine Gedanken überschlugen sich. Weniger Menschen, das bedeutete bessere Fluchtwege. Aber damit wären sie deutlich sichtbarer. Selbst wenn sie

Magdalena irrwitzigerweise zu fassen bekämen, wie sollten sie zu Fuß fliehen? Und es war damit zu rechnen, dass sie ein Opfer für den Scheiterhaufen durch brutales Verhör ziemlich übel zugerichtet hatten. Vermutlich war sie nicht in der Lage, sich auf den Beinen zu halten. Er sah kaum eine Möglichkeit, die arme Frau zu retten. Das würde er Agnes nicht sagen. Sie musste mit eigenen Augen sehen, dass es keinen Weg gab. Er selbst hatte bisher keiner Verbrennung beigewohnt, aber es war Erzählungen nach so, dass die Opfer in einer Feuersbrunst durch Rauch starben oder ohnmächtig wurden, bevor die Flammen sie verzehrten. Vermutlich hatte Magdalena das meiste Leid in den letzten Tagen erlitten und wartete auf Erlösung.

Die Helfer kamen rechtzeitig mit dem gewünschten Öl an. Gero wies sie an, die kleinen Fässer zu öffnen und um den Pfahl herum zu verteilen. Inzwischen war es ihm gleichgültig, ob der Haufen schön und lange brennen würde, die Hauptsache war, dass sie vor aller Augen in den Flammen starb. Es hatte ihn etwas Mühe gekostet, Hanson dazu zu überreden, die Hinrichtung auf dem Marktplatz stattfinden zu lassen. Die Gesandten des Bischofs hatten ihn dabei unterstützt und sein Vorhaben gutgeheißen. Normalerweise wäre ein üblicher Platz für so etwas vor den Toren der Stadt gewesen.

Dass es nur ein paar Handvoll Zuschauer gab, ärgerte ihn. Mit dem Regen hatte er nun wirklich nicht rechnen können. Wenn das so weiterging, würden auch noch die Letzten verschwinden. Er wies eine der Wachen an, dem Karren mit der Hexe entgegen zu reiten, um sie zur Eile zu drängen. Ein langsamer Tross würde bei diesem Wetter keine Leute mehr anlocken. Die Wache musste nicht lange reiten, der Karren war schon am Rand des großen Platzes. Der Kutscher war wohl ebenso lustlos, die Pferde langsam zu führen. Magdalenas Hände waren an beiden Seiten festgebunden, sodass sie auf ihren Knien in der Mitte hockte. Sie trug nur noch ein Büßergewand aus zerrissenem, grobem Stoff. Rohes Fleisch schien rötlich durch die Risse. Überall am Körper waren bläuliche und rote Striemen zu sehen. Man hatte sie vermutlich mit Zangen und glühenden Eisen gefoltert. Ihr Haar war grob bis auf die Kopfhaut geschoren worden und wie es schien, hatte man schon hier keine Vorsicht walten lassen, denn ihr kahler Schädel wies viele Schnitte auf. Agnes stöhnte laut auf, als sie das arme Wesen auf dem Karren sah. Magdalena war kaum wiederzuerkennen. Die brutale Fesselung zwang sie in eine halb aufrechte

Haltung und es hätte ihr die Schultern ausgerenkt, sich ihrer Erschöpfung gänzlich hinzugeben. Ihr Kopf sackte immer wieder nach vorne und sie schien für kurze Augenblicke das Bewusstsein zu verlieren. Doch der Schmerz der demütigenden Haltung zwang sie, wach zu bleiben.

Albrecht fluchte leise. Zu beiden Seiten des Henkerkarrens gingen je drei Wachen. Zwei weitere ritten zu Pferde dahinter. Ein direkter Angriff wäre reiner Selbstmord. Selbst wenn er den Karren in seine Gewalt brächte, würde eine wilde, holprige Flucht der geschundenen Frau die Arme ausreißen. Es blieb ihnen nichts anderes übrig, als hilflos zuzusehen.

Gero genoss den Anblick. Er hatte sich an den Verhören der letzten Tage nur wenig beteiligt. Ihm hatten die Schreie in seiner Burg zu seiner Befriedigung gereicht. Magdalena war nach ihrer peinlichen Befragung das Inbild einer überführten Hexe. Ob sie dabei gestand, war belanglos. Der Rat ließ ihn gewähren und dem Bischof würde er schon glaubhaft versichern, dass die Begine in ihren letzten Stunden allerlei unchristliches Treiben zugegeben hatte. Nicht zuletzt war der Fund der Kinderleiche schaurig genug gewesen. Die Abgesandten des Bischofs hatten ihm ihr Wohlwollen versichert und ihm bestätigt, dass sein energisches Handeln in ihrem Sinne sei.

Er drängte die Wachen zur Eile an, was aber kaum nötig war. Niemand schien länger als notwendig verweilen zu wollen. Sie banden den Körper der zerschundenen Frau vom Karren. Als sie merkten, dass sie zum Laufen zu schwach war, hoben sie Magdalena kurzerhand wie einen Sack hoch und hievten sie an den Pfahl. Fesseln an Füßen und Oberkörper hielten sie halbwegs aufrecht. Ihre Hände band man hinter dem Holzstamm zusammen.

Die Wachen sahen erwartungsvoll zu Gero, der inzwischen vom Pferd gestiegen war. Das Pech zischte auf der Fackel in seiner Hand, als dicke Wassertropfen darauf fielen. Er hielt sie hoch, murmelte etwas Unverständliches und stieß sie tief in den Reisig. Die Wachen rund um den Scheiterhaufen taten es ihm nach und versuchten, das Feuer in Gange zu bringen. Agnes und Albrecht hatten sich hinter eine Gruppe von Leuten in der Nähe gestellt, um nicht aufzufallen. Er hielt den Arm um sie, um ihr Trost zu spenden, aber auch, um sie daran zu hindern, nach vorne zu stürmen. Er dachte nicht, dass sie so töricht wäre, doch er wusste, dass Menschen aus Verzweiflung unüberlegte Dinge taten.

„Selbst Petrus will nicht, dass die Hexe brennt", murrte ein Mann laut vor ihnen. Angesichts der angestrengten Versuche, den Haufen in Brand zu stecken, war das ein passender Kommentar.

Agnes entfuhr es wütend: „Sie ist keine Hexe." Doch Albrecht zog sie im selben Moment zur Seite und führte sie weg. Der Mann drehte sich um, aber sie waren schon einige Schritte entfernt.

Er hielt den Arm fest um ihre Schulter und zischte zu ihr: „Sei doch still."

Agnes murmelte ein paar unverständliche Worte und senkte den Kopf. Er konnte sehen, dass ihr zusätzlich zum Regen Tränen das Gesicht hinunter rannen. Ihr Oberkörper zuckte durch die unterdrückten Schluchzer.

Gero von Asseburg brüllte die Wachen an. „Strengt euch in Gottes Namen an, das Holz ist innen doch noch trocken."

So recht wollte das Feuer nicht in Gang kommen. An einigen Stellen qualmte und zischte es, ein paar kleine Flammen loderten auf, doch das war nicht das Ergebnis, auf das erhoffte. Magdalena erwachte aus ihrer Lethargie, hob ihren Kopf und blickte in den

Himmel. Unverständlich für die Umstehenden begann sie, ein Gebet an ihren geliebten Gott zu singen, ein Abschied von ihrem irdenen Dasein. Eine Weile später senkte sie den Kopf und sah sich um, als wollte sie von der Stadt und den Menschen Abschied nehmen. Agnes sah zu ihr und konnte den Blick nicht lösen. Albrecht zog leicht an ihr, er wollte weitergehen, doch sie widersetzte sich und blickte unverwandt zu der Gestalt am Pfahl. Ihre Blicke kreuzten sich. Für einen kurzen Augenblick schien Magdalena zu lächeln, ehe sie mit ernster Miene den Kopf schüttelte. Es lag Entschiedenheit in ihrem Blick, den sie zu Gero wandte, um mit überraschend lauter Stimme zu höhnen: „Niemand, nicht einmal der Himmel, unterstützt Euch bei Euren Schandtaten."

Der Angesprochene heulte wütend auf und begann, den Reisighaufen zu erklimmen. Das Feuer brannte bisher nur spärlich, das schien ihn nicht zu beängstigen.

Albrecht zog kräftiger an Agnes und führte sie weiter. Er hatte eine vage Idee, wie er doch noch helfen könnte. In einem Bogen ging er um die wenigen Leute herum. Langsam, aber zielstrebig, um nicht aufzufallen, wollte er hinter den Scheiterhaufen und Magdalena kommen.

19 - Mittwoch, 25. Juli 1342

Seit letztem Sonntag suchte Wentzel in der Stadt nach Agnes. Angefeuert durch seinen Erfolg, wollte er diese Sache zu einem Ende bringen. Dass eine der Frauen entkommen war, wurmte ihn mehr, als es ihn freute, dass eine Kindesmörderin oder sogar Hexe hingerichtet wurde.

Eine weitere Nacht hatte er bei Herrn Wesenborg verbracht. In der übrigen Zeit hatte er sich genau umgesehen, ohne auf Spuren zu stoßen. Nachfragen bei Gastwirten, Tavernen und anderen Händlern hatten zu nichts geführt. Aber er hatte erfahren, wie sie aussah. Er vermutete, dass sie die Dirne war, die den Spielmann im Garten verbunden hatte. Mit dem sie, laut der Stadtwachen, zusammen geflohen war.

Sie schienen sich einfach in Luft aufgelöst zu haben. Im schlechtesten Fall hatten sie es doch geschafft, aus der Stadt zu kommen, bevor die Wachen strikte Anweisung bekommen hatten, nach ihnen Ausschau zu halten. Doch für den Fall, dass die beiden noch in Meyborg waren, ging er davon aus, dass sie der

Hinrichtung beiwohnen würden. Eventuell sogar eine waghalsige Rettung der Begine versuchten.

Er ging am Rand des Marktplatzes entlang. Musterte die kleinen Gruppen der Zuschauer, die sich trotz des Regens versammelten. Normalerweise waren bei solch einer spektakulären Hinrichtung weit mehr Menschen anwesend. Mit einer drohenden Überschwemmung war es jedoch verständlich, wenn andere Dinge wichtiger wurden. Die Demonstration des Schicksals einer solchen Sünderin würde in jedem Fall Eindruck hinterlassen. Nur wäre es deutlich besser, die Hure noch zu finden. Dann würde eine weitere Hinrichtung mehr bei den Bürgern der Stadt erreichen. Er wusste, dass die Begine hauptsächlich geopfert wurde, um den Intrigen des Propstes zu dienen. In seinen Augen war die entkommene Hure die eigentliche Sünderin. Sie war die wirkliche Stadthexe. Doch so sollte es nun leider sein. Vor einigen Tagen hatte er seine Predigt gehalten und jetzt würde sich für alle Städter zeigen, welche Folgen die Sünde haben konnte.

Er umrundete langsam den Platz. Hielt Ausschau und musterte die Gesichter. Es wurde schwerer, etwas zu erkennen, denn der Regen nahm deutlich zu. Nach einer Weile sah er Johannes zusammen mit Herrn Wesenborg in einer Seitengasse stehen. Sie wollten anscheinend nicht auffallen. Er ging etwas schneller an ihnen vorbei und nickte nur kurz zum Gruß, wobei er nicht einmal mitbekam, ob das Nicken erwidert worden war. Inzwischen hatte sich der Propst darum bemüht, das Feuer zu entfachen. Als es ihm nicht auf Anhieb glückte, begann er, den Reisighaufen zu erklettern. Doch mehr als das interessierten ihn die Zuschauer. Weiter suchend wanderte er umher, während Regen auf sein Gesicht prasselte.

20 - Mittwoch, 25. Juli 1342

„Was hast du vor?“, zischte Agnes leise. Albrecht schwieg und nahm die Hand von ihrer Schulter, um seinen Dolch aus dem Gürtel zu ziehen. Alle Blicke der umstehenden Menschen waren auf den Scheiterhaufen und den kletternden Propst gerichtet. Albrecht wog den Dolch in der Hand, atmete tief ein und warf.

„Gott im Himmel“, entfuhr es Agnes. Einen Augenblick glaubte sie, Albrecht wolle Magdalena ein gnädiges und frühes Ende bereiten, doch der Dolch flog fast unsichtbar im strömenden Regen und bohrte sich mit Wucht oberhalb der gefesselten Hände in das Holz des Pfahls. Unter anderen Umständen wäre er auf diesen Wurf stolz gewesen, denn die Entfernung war beachtlich und selbst unter besseren Bedingungen war das ein schwieriges Ziel. Aber das Glück war ihm hold, der Wurf war nahezu perfekt. Magdalena musste den Aufprall gespürt haben, denn kurz danach ertasteten ihre nach hinten gebundenen Hände das Metall. Sie war trotz ihrer Lage geistesgegenwärtig genug, sich nicht umzudrehen. Kurz darauf begann sie, ihre Fessel an der

Klinge zu reiben. Es war für Agnes und Albrecht kaum zu sehen, aber sie schien Erfolg zu haben.

„Wollt Ihr Euer schändliches Werk mit eigenen Händen zu Ende bringen?“ Wieder klang Magdalenas Stimme laut und spöttisch über den Platz. Gero von Asseburg war trotz seiner gichtgeplagten Füße fast bis zu der Plattform geklettert, auf der sie stand. Er richtete sich auf und zog sein Schwert. Hohnlächelnd trat er auf sie zu.

„Dein Tod soll gewiss sein, Hexe“, brüllte er und kam einen Schritt näher. Doch um sie tatsächlich mit dem Schwert zu schlagen, stand er etwas zu weit. Wollte er noch näher kommen, musste er über die kleinen Ölfässer treten, die um sie herum gestellt worden waren. Eine kurze Weile überlegte er, steckte er das Schwert wieder in die Scheide und zog dafür ein Messer aus dem Gürtel. Er trat über die Fässer an sie heran und hob langsam den Stahl. Magdalena schrie auf und warf ihre Arme nach vorne. Das angeschnittene Seil riss gänzlich, sie umschlang Gero überraschend und presste ihn eng umschlungen an sich. Er zuckte erschrocken zusammen und versuchte, sich aus der unerwarteten Umarmung zu befreien, doch sie hielt ihn mit all ihrer verbliebenen Kraft fest. Seinen erhobenen Arm mit dem Messer konnte er nicht mehr gebrauchen, um sie zu treffen. Stattdessen zuckten seine Beine und er stieß Halt suchend mit den Füßen um sich. Dabei traf er zwei der geöffneten Ölfässer, deren Inhalt sich hinab in das Reisig ergoss. Das bisher nur spärlich brennende Feuer heulte auf und schoss an dem herablaufenden Öl gierig nach oben. In panischer Angst versuchte Gero, sich mit aller Gewalt aus der tödlichen Umarmung zu befreien. Doch zappelnd machte er seine Lage nur schlimmer, indem er andere Fässer umstieß, deren Öl das Feuer weiter aufflammen ließ. Magdalena schien ihre letzte, wenige Lebenskraft für diese Umarmung zu verbrauchen. In den hoch lodernden Flammen sah es aus, als nähme sie Abschied von einer geliebten Person. Sie presste den Kopf von Gero an ihre Schulter, während dieser in Todesangst schrie. Aber er konnte sich nicht befreien und die Flammen schossen auflodernd an den beiden innig Umschlossenen hoch.

Agnes wandte sich ab und barg ihren Kopf an Albrechts Schulter. Sie schluchzte und krallte ihre Hände in seine Oberarme. Er riss den Blick von dem Feuer. In dieser Situation war nichts mehr zu machen, sie mussten weg. Die Wachen waren verzweifelt bemüht, den brennenden Haufen zu löschen. Doch dazu war es zu spät, das viele

Öl machte jeden Versuch zunichte. Sie konnten nur hilflos zusehen, wie der Scheiterhaufen so prächtig brannte, wie es sich Gero von Asseburg nur hatte wünschen können.

Einige Momente später verstummten die schrecklichen Schreie und man hörte nur noch das Geheul der Flammen. Albrecht nahm Agnes‘ Gesicht in beide Hände und zwang sie, ihn anzusehen. Ruhig und mit fester Stimme sprach er: „Es ist vorbei. Wir müssen unser eigenes Leben retten."

Seine Ruhe drang zu ihr durch. Ihre Augen klarten auf, sie nickte ihm zu und nahm seine Hand. Gemeinsam liefen sie in Richtung des Hafens, ohne einen weiteren Blick auf das lodernde Feuer zu werfen, dessen Hitze die Umstehenden trotz des Regens zurückdrängte.

Zunächst liefen sie durch dieselben Gassen, durch die sie zum Marktplatz gekommen waren. Ihre Schritte begannen zu patschen. Agnes wischte sich über die Augen und sah sich zum ersten Mal bewusst um. Ihre Füße standen bis zum Knöchel im Wasser. Das war mehr als der Regen, die Ems war über ihre Grenzen getreten. „So kommen wir nicht raus“, rief sie Albrecht zu. „Der ganze Hafen wird unter Wasser sein.“

Albrecht zog sie weiter, allerdings verlangsamte er seine Schritte. „Das ist gut, das lenkt alle ab, komm weiter.“

Agnes wurde immer langsamer, denn mit jedem Schritt wurde das Wasser auf der Straße tiefer. Gerümpel, bestehend aus Brettern, Pflanzen, Stoffresten und allem möglichen Dreck wurde von der Flut in den engen Gassen vorangetrieben. Immer wieder stießen sie schmerzhaft gegen etwas Treibendes. Inzwischen reichte das Wasser bis zu den Knien und man sah nur schlecht, wohin man trat. „Albrecht“, rief sie. „Ich kann nicht schwimmen, das geht nicht.“ Sie blieb stehen und hielt sich an einer Hausecke fest. Ebenso wie das Wasser stieg auch der Lärm an. Die Kirchenglocken bimmelten, der Regen rauschte lautstark und überall hörte man Menschen panisch schreien. Er trat an ihre Seite und musste ihr zustimmen. Hier ging es nicht weiter. Aber wenn sie umkehrten, würden sie den Wachen in die Hände fallen, auch wenn die sicher mit anderen Dingen beschäftigt waren.

Selbst in der kurzen Zeit, in der er sich umsah, konnte er sehen, wie das Wasser weiter stieg und Unmengen an Treibgut an ihnen vorbei spülte. Sollten sie in diesen Mahlstrom an Müll fallen, würden sie üble Verletzungen erleiden. Sein Blick fiel nach oben. In der Gasse gab es eine ganze Reihe an kleinen Vordächern und Vorsprüngen. Auf diese könnten sie sich weiter hangeln. Zumindest würden sie dort nicht vom immer stärker einströmenden Wasser umgerissen werden. „Komm hier rauf." Er stieß sie fast auf ein Holzfass, das der Flut bis jetzt trotzen konnte. Sie stieg ohne Zögern darauf. „Da oben, greif den Balken."

Agnes griff nach oben und Albrecht legte eine Hand unter sie. Dann schob er sie mit aller Kraft auf das über ihr liegende Vordach. Sie zog sich flach darauf und drehte sich zu ihm um. Als sie ihm ihre Hand zur Hilfe reichen wollte, hatte er sich schon mit einer geschmeidigen Bewegung nach oben gezogen. Er ließ ihr keine Zeit, über seine Körperkraft nachzudenken. Mit einem kleinen Sprung setzte er über sie hinweg und stand hinter ihr an der Wand im ersten Stock. Dann reichte er ihr die Hand und zog sie weiter hoch. Nun waren sie zumindest über dem Wasser, doch das langte vermutlich nur eine kleine Weile als Schutz, denn unter ihnen stießen immer wieder treibende Holzbretter und andere Dinge gegen die Stützbalken. Es war eine Frage der Zeit, bis das Vordach einstürzen würde. Albrecht drehte sich um und deutete in dem Lärm stumm die

Gasse entlang und danach hinauf. Kurz darauf begriff sie, was er ihr zeigen wollte. Ein Stück weiter neigte sich ein Hausdach so tief hinab, dass es vom Vordach aus erreichbar war. Dort würden sie höher und etwas sicherer sein. Albrecht kletterte voraus und blieb immer einmal stehen, um ihr die Hand zu reichen, wenn es ein Stück zu springen oder zu klettern galt. Nach einer kurzen Zeit erreichten sie den Spalt, an dem die Dächer zweier Häuser niedrig aneinander stießen. Hier schoss eine Menge Regenwasser auf die Straße, aber er kletterte beherzt durch den Schwall hoch und zog sie hinauf. Dann ging er auf allen vieren zwischen den Dächern auf die andere Seite. Sie hatten den Hafen erreicht, denn hinter dem Haus sahen sie nur Wasserfläche, so weit das Auge im Regen blicken konnte. Selbst Agnes, die hier aufgewachsen war, konnte kaum etwas wiedererkennen. Lediglich der vorbeitreibende Schutt ließ erahnen, wo sich das Flussbett befand.

Albrecht setzte sich neben Agnes und legte den Arm um sie. Das vom Dach herab fließende Wasser störte kaum, denn vom Himmel kam so viel Regen, wie sie es noch nie erlebt hatte. Sie hielt sich an ihm fest und begann zu zittern. Das Unwetter und die vollkommen veränderte Umgebung hatten etwas so Unwirkliches, dass sie kaum Zeit hatte, um die Situation zu begreifen. Eine Weile saßen sie und wischten sich den Regen aus den Augen. Unter ihnen trieben Holzstücke und tote Tiere vorbei. Das Wasser hatte eine schlammige, braune Farbe und von den Glocken der Kirche war bei dem Geprassel nichts mehr zu hören. Wenn sie überhaupt noch geläutet wurden. Die gesamte Stadt kämpft um das nackte Überleben, dachte Agnes. Dann gingen ihre Gedanken zur Roten Blume. Ob ihre Freundinnen und Meister Hermann sich hatten retten können? Würde das Wasser so hoch in die Stadt steigen? Vermutlich schon, denn hier hatte es den ersten Stock der Häuser erreicht und es waren nur noch wenige Fuß bis zu ihrem Dach. Albrecht deutete auf das Wasser. Dort trieb ein sperriges Gebilde aus Holz vorbei. Sie versuchte, zu erkennen, was das gewesen war. Einer der Kräne oder der lange Holzsteg, an dem die kleinen Fischerboote festgemacht wurden? Sie erschauerte, selbst wenn sie hätte schwimmen können, dort umher zu treiben, wäre mehr als gefährlich.

Wieder deutete Albrecht auf die Wasserfläche, diesmal stand er sogar auf. Agnes konnte nicht erkennen, was er hatte zeigen wollen. Das war doch nur eine Plane. Oder ein Segel? Plötzlich sprang er kopfüber vom Dach. Agnes schrie auf. War er wahnsinnig geworden? Sie brüllte seinen Namen und versuchte, ihn in der braunen Flut zu erkennen. Sein Kopf tauchte auf. Die alberne Mütze war schon beim Sprung heruntergeflogen und er schwamm mit kräftigen Stößen flussaufwärts auf die Plane zu. Dort schien er sich an etwas festzuhalten und wendete um. Endlich konnte sie erkennen, was er hinter sich herzog. Es war ein kleines Ruderboot, fast gänzlich von der großen Plane verdeckt. Seine Schwimmbewegungen brachten ihn näher an das Haus, auf dem sie saß, bis er einen Fenstervorsprung zu fassen bekam. Er hielt das Boot mit der einen und den Rahmen mit der anderen Hand fest. Sie konnte sehen, wie viel Kraft es ihn kostete, nicht von der Strömung fortgerissen zu werden. Im Gegensatz zu ihm konnte sie nicht schwimmen und die Wassermassen jagten ihr Angst ein. Doch wenn sie zu ihm wollte, bevor er davon getrieben wurde, gab es nur einen Weg. Agnes nahm allen Mut zusammen und sprang.

Ihr Kleid flog hoch, nahm ihr die Sicht und nach einer kurzen Ewigkeit fiel sie in das trübe Wasser, das über ihr zusammen schlug. Wie ein junger Hund zappelte sie mit Beinen und Armen, um an die Oberfläche zu kommen. Selbst als sie in ihrem Schreck die Augen aufriss, konnte sie nicht erkennen, wo oben und unten war. Ihr Gesicht war mit einem Strudel aus Blasen umgeben und sie verlor jede Orientierung. Ihr nasses

Kleid zog an ihr und sie mühte sich mit panischen Bewegungen, an die Oberfläche zu kommen. Dann spürte sie eine starke Hand an ihrem Rücken. Ruckartig wurde ihr Kopf über Wasser gehoben und sie japste laut auf.

„Halt dich am Rand fest“, brüllte eine Stimme neben ihrem Ohr. Albrecht hatte sie am Kleid gepackt und sie hochgedrückt. Wild tastend spürte sie das Holz vor sich und packte zu. Ihre Hand erwischte den Rand des Bootes und endlich setzte ihr Gefühl für die Umgebung ein. Die zweite Hand griff ebenfalls zu und sie hegte die Hoffnung, doch nicht elendig ertrinken zu müssen. Ein paar Augenblicke später versuchte sie, ruhiger zu atmen, um nicht weiter in Panik auszubrechen. Wie sollte sie in das Boot kommen? Es war zu hoch und sie konnte sich keinesfalls aus eigener Kraft hochziehen. Dazu schaukelte alles um sie herum und sie war nicht sicher, sich so allzu lange halten zu können.

Plötzlich legten sich zwei Hände fest um ihre Handgelenke und Albrechts Gesicht tauchte über ihr auf. Wie auch immer er in das Boot gelangt war, für diesen Anblick war sie sehr erleichtert. „Ich hab dich“, sagte er ruhig. „Keine Panik. Versuch, erst einmal einen Fuß hochzubekommen.“

Sie streckte ihr Bein zur Seite und hätte er sie nicht festgehalten, hätte sie sich nicht getraut, diese Bewegung zu machen. Ihr linker Fuß schaffte es, sich über die Kante des Boots zu legen. Albrecht ließ eins ihrer Handgelenke los, was sie mit einem erschrockenen Quietschen quittierte.

„Keine Sorge, fast geschafft", rief er. Dann packte er sie um die Hüfte, wobei das Boot sich gefährlich zur Seite neigte. Als er sich mit seinem Gewicht nach hinten warf, konnte er sie mit einem Ruck in das Boot befördern. Nach Luft schnappend lagen sie nebeneinander auf der Plane. Sie war unendlich dankbar, dem Wasser entkommen zu sein.

Nach einer kurzen Weile trieb er sie erneut an. „Komm, wir müssen das Boot abdecken, sonst saufen wir doch noch ab."

Sie mühten sich im Sitzen ab und nach einer Weile hatten sie es geschafft, die Plane über sich zu befestigen. Der Regen prasselte laut auf den festen Stoff und sie lagen schwer atmend nebeneinander auf dem harten Boden. Plötzlich krachte das Boot und drehte sich ruckartig zur Seite.

„Wir hängen fest, das ist nicht gut", stieß Albrecht hervor.

„Wieso? So treiben wir nicht sonstwo hin."

„Schon, aber alles andere kracht gegen uns.“

Agnes musste ihm im stillen recht geben. Sie dachte an den großen Holzsteg, der sie sicher leicht zerdrücken würde. Er krabbelte nach vorne und steckte den Kopf an der Spitze des Bootes unter der Plane hervor. Dann stieß er einen erstaunten Ausruf aus. Agnes kam ebenfalls nach vorne und sah, was ihn hatte ausrufen lassen. Seitlich von ihnen befand sich eine runde Dachspitze. „Was ist das?“, rief sie aus.

„Sieht aus wie eine Turmspitze.“ Er griff nach den Schindeln und stieß sie davon weg. Das Boot drehte sich langsam und kam frei. Jetzt trieben sie wieder im Wasser mit der Strömung.

Eine Weile dachte Agnes nach, dann erbleichte sie. „Oh mein Gott, das war einer der kleinen Türme am Ende der Stadtmauer.“

Er sah sie mit großen Augen an, schob die Plane zurück und setzte sich auf den Boden. „Wohin treiben wir, wenn wir nichts machen?“

Agnes setzte sich neben ihn. Sie zitterte vor Erschöpfung, aber sie zwang sich, nachzudenken. „Den Fluss hinab kommt die Stadt Leer in einigen Meilen. Dann noch mehr Fluss und irgendwann das Meer. Aber ich weiß nicht, wie weit das ist, da war ich noch nie.“

Er nickte nachdenklich. Nach einer Weile sagte er: „Wir erholen uns einen Moment und danach versuche ich, zu rudern. Lassen wir uns besser an Leer vorbeitreiben, dort wird es auch schlimm sein. Wir sollten nach rechts an Land kommen, dort, wo die Strömung uns nicht auf das Meer treibt."

Agnes nickte nur. Sie schmiegte sich an ihn und sagte leise: „Wir haben Glück, dass es Sommer ist, sonst würden wir jetzt jämmerlich erfrieren."

Albrecht nickte mit und flüsterte zurück: „Ruh dich aus", während er einen Arm um sie legte und versuchte, sie trotz der nassen Kleidung zu wärmen. Ihr Herz raste noch und sie spürte, wie tief die Schrecken der letzten Stunden sie erschöpft hatten.

21 - Mittwoch, 25. Juli 1342

Die Aufmerksamkeit aller Anwesenden auf dem Marktplatz lenkte sich zum Scheiterhaufen. Flammen loderten brüllend auf und selbst durch den strömenden Regen wallte die Hitze des Feuers über den Platz. Die Schreie des Propstes waren schrill. Es war ein erschreckender Anblick. Wentzel wandte sich schaudernd ab. In ihrem Tod hatte die Hexe ein letztes grausames Opfer gefordert. Er empfand keinerlei Vergnügen am Leid anderer. Obgleich es befriedigend war, dass die ganze Szenerie so spektakulär geworden war und für eine große Menge an Gesprächsstoff sorgen würde. Aus dem Augenwinkel nahm er wahr, dass ein Paar hastig in Richtung des Hafens lief. Der Regen hatte Strähnen blonden Haares aus der Haube der Frau gelöst. Wenn er sich nicht sehr täuschte, könnten das durchaus die Hure und der Spielmann sein. Freude durchzuckte ihn. Kurz rieb er sich den strömenden Regen aus den Augen. Dann setzte er hinterher. Selbst wenn sie es nicht waren, wollte er einfach sicher sein. Einer der Zuschauer trat rückwärts von der Hitze des Scheiterhaufens weg und kam damit ungewollt Wentzel in den Weg. Er stolperte und musste sich mit den Händen am Boden abstützen, um nicht zu fallen. Ihm entfuhr ein Stöhnen und er rappelte sich wieder auf. Dann sah er nach, wohin die beiden gelaufen waren. Der Regen verstärkte sich immer mehr, begrenzte die Sicht und dämpfte alle Geräusche mit lautem Prasseln. Dort hinten, am Ende des Marktplatzes, sah er das Paar davonrennen. Das waren sie, das mussten sie sein. Und er durfte sie auf keinen Fall verlieren. Einen kurzen Augenblick lang überlegte er, ob die Wachen ihm helfen könnten. Doch bei dem schrecklichen Unglück am Scheiterhaufen würden sie kaum Zeit für ihn haben. Er rannte weiter, wich den umstehenden Menschen aus. Als er den Anfang der Gasse erreichte, in der er sie zuletzt gesehen hatte, hielt er inne und sah sich etwas außer Atem um. Ein gutes Stück die Gasse herab sah er ein Paar um die Ecke eilen. Das waren sie doch, oder?

Er erreichte die Hausecke und stieß schmerzhaft gegen ein Stück Holz, das vor ihm im Wasser trieb. Von dem Paar war nichts mehr zu sehen. Dennoch watete er durch das Wasser in die Richtung, in die sie gelaufen waren. Es reichte ihm inzwischen fast bis an die Knie. Noch störte es ihn nicht, auch wenn er befürchtete, in Schwierigkeiten zu kommen, sollte es weiter ansteigen. Da er nicht besser als ein junger Hund schwimmen konnte, musste er aufpassen. Hörte der Regen denn gar nicht auf? Eine Weile hangelte er sich durch die Gasse von Halt zu Halt. Dann sah er, wie eine blonde Frau und ein Mann von einem Vorbau auf ein Hausdach kletterten. Schwierig, dort hochzukommen, dachte er. Und was sollte er machen, wenn er ihnen näher kam? Den beiden zusammen war er körperlich nicht gewachsen. Doch er durfte sie auf keinen Fall aus den Augen verlieren. Wenn dieser sintflutartige Regen endete, könnte er Wachen rufen. Bis dahin musste er nur wissen, wo sie waren. Mühselig begann er, an dem Haus emporzuklettern, auf dessen Dach sie waren. Das steigende Wasser hatte das kleine Vordach in erreichbare Nähe gebracht. Er klammerte sich daran fest und zog sich mit aller Kraft hoch. Auf dem Bauch liegend ruhte er sich ein paar Momente aus, dann kroch er geduckt zu der Stelle, an der die beiden tiefen Dächer zusammenstießen. Wasser schoss ihm aus der Dachkehle entgegen und er zog sich so weit hoch, dass er einen Blick drüber werfen konnte. Er sah zwei Personen schemenhaft durch den Regen. Sie schienen sich am anderen Ende hingesetzt zu haben. Nach einer kleinen Weile sprang der Mann kopfüber vom Dach. Den überraschten Schrei der Frau konnte er selbst durch das Wasserrauschen hören. Während er überlegte, ob jetzt eine gute Gelegenheit war, um die Dirne selbst zu überwältigen, sprang auch sie. Mit einem kleinen Wutschrei kletterte er die Dachkehle hinauf und krabbelte an das andere Ende des Hausdaches. Von hier aus sah er überrascht die imposante braune Wasserfläche an der Stelle, an der vor kurzer Zeit der Hafen Meyborgs gewesen war. Holz, Müll und halb gekenterte Boote trieben in dem unaufhaltsamen Strom vorbei. Er richtete sich weiter auf, suchte durch die Wand aus Regen nach der Dirne und dem Spielmann. Dann entdeckte er das kleine Boot, auf dessen Plane zwei Menschen lagen. Sie trieben flussabwärts und waren kaum noch zu erkennen. Es wäre sinnlos, ihnen zu folgen. Würde er in das Wasser springen, würde er ertrinken. Oder zwischen all dem Müll zerquetscht werden. Sie waren fort. Und so lange das Unwetter anhielt, konnte er ihnen nicht folgen. Sie würden über das Wasser nach Norden entkommen und einen tagelangen Vorsprung haben. Die Wachen der Stadt hätten mit Sicherheit kein Interesse an einer Verfolgung. Meyborg versank im Wasser und wie es schien, galt das für den Rest der Welt.

Wieder entfuhr ihm ein Schrei aus Wut und Frustration.

22 - Mittwoch, 25. Juli 1342

Die Straße unter ihm wurde immer nasser. Jan patschte mit einem Sack auf dem Rücken aus dem Lager. Heute Morgen hatte er sich vorgenommen, der Hexenverbrennung zuzusehen, doch sein Vater hatte ihm unmissverständlich klargemacht, dass alle mit anfassen mussten. Ein drohendes Hochwasser bedeutete viel Arbeit, auch wenn sich die Meyborger der Möglichkeit stets bewusst waren. In den Speichern im Hafen wurden im Erdgeschoss in der Regel weniger empfindliche Sachen gelagert. Doch auch diese waren nicht gerne feucht, daher schleppten alle verfügbaren Helfer Säcke, Ballen und Fässer in die höheren Geschosse.

Die Warnung des Schiffers am Vortag hatte Jan weitergegeben. Und er war über die Reaktion verblüfft, denn sein Vater war sofort mit ihm in den Hafen gegangen und hatte sich selbst ein Bild des Wasserstands gemacht. Er belehrte Jan eindringlich, auf die Worte eines erfahrenen Schiffers stets zu hören. Danach hatte er den Arbeitern und Jan Anweisungen gegeben, wie die Waren umzustapeln waren. Am Morgen war er früh aufgestanden und hatte die Arbeiten weiter beaufsichtigt. Der Himmel war dunkel und es war eine Wohltat, nicht in der prallen Sonne zu schuften. Nun waren die Dinge größtenteils sicher verstaut. In allen Speichern im Hafen wurde hektisch gearbeitet, doch die meisten Händler fingen erst am Morgen damit an. Das langsam steigende Wasser versetzte jeden in rege Betriebsamkeit. Es wurde gebrüllt und der Tonfall war hitzig. Das Quietschen der Karren und die gebellten Befehle erfüllten die Straßen am Kai.

Mit einem letzten Blick sah sich Jan im Erdgeschoss um. Das Wasser bedeckte hier schon leicht den Boden und es schien immer weiter zu steigen. Dann nahm er einen Sack mit Stoffresten auf die Schultern. Den wollte er mit ins heimische Kontor nehmen. Er rief noch einmal laut nach oben, um sich zu vergewissern, dass alle Arbeiter den Speicher verlassen hatten. Als keine Antwort kam, verschloss er die große doppelflügelige Tür mit einem schweren Riegel von innen und verließ den Schuppen durch eine kleine Seitentür. Auf der Straße versank er überrascht bis zu den Knöcheln in braunem Wasser. Jetzt begann er, sich Sorgen zu machen. Die Güter im Lager waren gesichert, das war beruhigend. Aber dass das Wasser der Ems so stark angestiegen war, obwohl der Wind von Süden kam, war mehr als ungewöhnlich. Zudem war es einfach die falsche Jahreszeit. Im Frühjahr kam regelmäßig Schmelzwasser den Fluss herab und später im Jahr staute sich das Wasser manchmal von der Nordsee durch starken Nordwestwind und Flut, aber jetzt? Während er nachdenklich über den Hafen blickte, setzte der Regen ein. Bisher stieg das Wasser langsam, hatte die Kaimauer überspült und die gesamte Ansicht verändert. Das war so weit nichts Ungewöhnliches. Der Anblick der vertäuen Boote, die höher als sonst lagen, kannte er von anderen Hochwassern. Aber mit dem stärker werdenden Regen begann es lauter und unwirklicher zu werden. Das Wasser reichte ihm schon fast bis an die Knie. Es war höchste Zeit, zurück ins Kontor zu gehen.

Als er sich abwenden wollte, sah er, wie sich eines der Fischerboote losriss und davon trieb. Er sah niemanden an Bord und dachte daran, was mit dem herrenlosen Kahn passieren würde. Doch jetzt war es höchste Zeit, in die Stadt zu gehen, weg vom Fluss. Er stieg mit anstrengenden Schritten die Straße hinauf. Um ihn herum hörte er ängstliche Rufe, der immer stärker werdende Regen dämpfte alle Geräusche zu einem stetigen Rauschen. Und trotzdem er sich mehr anstrengte und die Straße aufwärts ging, wollte das Wasser um seine Füße nicht flacher werden. An einem kleinen Platz sah er einen der Stadtbrunnen, aus dem es in einem breiten Schwall hervorquoll. Panik stieg in ihm auf. Der Wasserschwall aus dem Brunnen drängte ihn zur Seite und er überlegte, den Sack fallen zu lassen. Weiter zu gehen war die erste Wahl, aber nun erschien es ihm sinnvoller, sich in einem der Häuser in Sicherheit zu bringen. Doch die Türen und Läden waren überall geschlossen. Sollte er mit der Faust dagegen hämmern und um Hilfe bitten? Während er überlegte, und sich in einen Eingang drängte, stieg das Wasser weiter und schwappte um seine Knie. Ein zappelndes Schwein trieb an ihm vorbei. Jan erwartete eigentlich lautes Quieken, doch der stärker werdende Regen dämpfte alle Geräusche durch das Rauschen. Das Schwein ruderte vergeblich in seine Richtung, der Schwall des überquellenden Stadtbrunnens trieb es von ihm weg. Jan ließ den Sack mit Stoffresten fallen und stellte sich auf einen Kratzstein an der Hausecke. Manche Hausbauer hatten an den Ecken große Steine eingelassen, damit die Räder der vielen Karren nicht die Hauswand zerkratzten. Trotz des drei Fuß hohen Steins umspülte Wasser seine Füße. Die Hoffnung, dass es seinen Höchststand erreicht hatte, erfüllte sich nicht.

Ein paar Augenblicke später trieb eine zersplitterte Kiste an der Hausecke vorbei und traf ihn schmerzhaft und mit Wucht am Schienbein. Er verlor den Halt und fiel schreiend in die braunen Fluten. Nach einer kurzen Weile der Orientierungslosigkeit bekam er den Kopf über Wasser und trieb mit beängstigender Geschwindigkeit die Gasse entlang. Bei dem Versuch, sich auf die Füße zu stellen, verlor er den Halt. Er hatte nie gelernt, vernünftig zu schwimmen, doch er konnte sich in ruhigen Gewässern mit Gepaddel über Wasser halten. Sein Kopf wurde immer wieder überspült. Harte Gegenstände trafen ihn an Kopf und Nacken und er trieb viel zu schnell an den Hauswänden vorbei, um sich festhalten zu können. Kurze Zeit später verlangsamte sich das Wasser, da die Straße breiter wurde. Er trieb am Rand, mühte sich, den Kopf hochzuhalten. Vor ihm war ein niedriges Dach, auf dem mehrere Personen Zuflucht gefunden hatten. Mit panischem Paddeln bemühte er sich, dorthin zu kommen. Vor ihm tauchte ein Haarschopf aus den Fluten auf. Ein Mann war ebenso wie er bestrebt, das Dach zu erreichen und griff nach der Kante. Jan hielt sich an seinem Rücken fest und begann, über ihn herauf zu klettern. Dabei drückte er den Kopf des Mannes unter Wasser und der Schrei verwandelte sich in ein kurzes Gurgeln. Jan war nicht mehr in der Lage, rational zu entscheiden, seine Panik nahm überhand. Er versuchte weiter, ohne alle Rücksicht, über den Rücken des Mannes auf das

Dach zu gelangen. Eine Hand streckte sich ihm von oben entgegen. Eine junge Frau mit einem auffällig verquollenen Auge und einer trotz des Regens sichtlich zerschundenen Lippe wollte ihm helfen. Er war unendlich dankbar für die gereichte Hand, doch dann trafen sich ihre Blicke. Vor einem Tag hatte er ihr seine Hilfe verweigert.

Für einen Moment sah er in ihren Augen, dass sie ihn erkannte. Rebecca zog ihre Hand zurück und stieß mit kalten Augen seinen Kopf unter Wasser. Im letzten Augenblick seines Lebens packte ihn flammende Wut. Dann traf ihn ein treibender Balken hart an der Schläfe und sein Bewusstsein verlor sich in unendliche Schwärze, während er unter Wasser sank.

23 - Donnerstag, 26. Juli 1342

Der Regen prasselte permanent auf die Plane. Bevor es gänzlich dunkel geworden war, hatte Albrecht das kleine Boot an einem aus den Fluten ragenden Baum angebunden. Die Sicht war stark eingeschränkt und eine kurze Weile hatte er befürchtet, die Strömung hätte sie schon auf die offene See getrieben, dann hatte sich das Boot im Geäst des Baumes verfangen. Er band ein Tau am Bug des kleinen Kahns an einem dickeren Ast fest. Das Treibgut schwamm deutlich langsamer an ihnen vorbei. Daher hoffte er, dass sie nicht von den umher treibenden Dingen losgerissen würden. Er zog die Plane, so gut er konnte, über das gesamte Boot und legte sich neben Agnes. Das Geschaukel, das Rauschen des Regens und die Nachwirkungen der vielen Schrecken ließen sie beide erschöpft einschlafen.

Agnes erwachte durch starke Schmerzen in der Schulter. Ein Holm des Bootes drückte in ihren Rücken und sie richtete sich unter Stöhnen auf. Der Regen prasselte laut und sie versuchte, in der Dunkelheit irgendetwas zu erkennen. Außer einem Schemen von Albrecht konnte sie nichts sehen. Sie krabbelte vorsichtig zum Bug des Bootes und schob die Plane zur Seite. Regen klatschte in ihr Gesicht, aber sie genoss die frische Luft. Der Helligkeit nach war es kurz vor Sonnenaufgang, obwohl es der bedeckte Himmel schwer machte, einzuschätzen, wie spät es war. Sie ertastete die Leine am Bug des Kahns. Sie waren nach wie vor an dem dicken Ast festgebunden. Sie zog die Plane wieder über die Spitze des Bootes und krabbelte neben Albrecht.

„Alles in Ordnung?“, murmelte er leise.

„Ich glaube, das kann man nicht behaupten“, erwiderte sie. „Aber wir sind immer noch angebunden. Und wir leben.“ Dann legte sie ihren Kopf an seine Brust. „Ich denke, wir können uns einfach noch eine kleine Weile ausruhen.“

„Wenn du je einem Mann einen Gefallen erweisen möchtest, legen wir uns etwas anders hin, ja?“, sagte Albrecht stöhnend und drehte sich zur Seite.

„Davon verstehe ich was, glaub mir“, murmelte sie und wartete, bis er sich gedreht hatte. Sie lehnte sich leise seufzend an ihn. Wieder brachte sie das Geschaukel und das Rauschen des Regens in einen dämmrigen, unruhigen Schlaf.

Einige Zeit später weckten sie die Bewegungen von Albrecht. Er schob sie vorsichtig zur Seite und begann, zum Bug des Bootes zu krabbeln. Nach einer Weile kehrte er zurück. „Wir müssen trinken. Auf der Plane hat sich Regenwasser gesammelt."

„Sind wir nicht noch im Fluss?", antwortete sie schläfrig.

„Aus dem Fluss wollen wir nicht trinken. Komm und sieh dir das an."

Albrecht deutete auf eine treibende Masse. Agnes konnte im ersten Moment nicht sehen, was er meinte, bis sie am Stoff und den Umrissen erkannte, dass eine menschliche Leiche kopfüber an ihnen vorbei trieb. Ja, zugegeben, aus dem Fluss wollte sie wahrlich nicht trinken. Er beugte sich vor und drückte auf die Plane. Eine kleine Menge Regenwasser sammelte sich in einer Falte. Erst jetzt fiel ihr auf, dass sie starken Durst hatte. Sie beugte sich vor und trank. Keine große Menge, aber es floss stetig. Nach einer Weile lehnte sie sich zurück und auch er begann zu trinken. „Wir müssen schöpfen, oder?", sagte sie und deutete in das Innere des Bootes.

„Aber wir haben nichts, womit wir das machen können."

Eine Weile überlegte sie. Dann zog sie ihren Kittel über die Schultern. Ihre Beine bedeckte ein dünnes Unterkleid, aber für Schamhaftigkeit war es der falsche Augenblick. Seinem erstaunten Blick entnahm sie, dass er nicht begriff, was sie vorhatte. Dann tauchte sie den Stoff in das Wasser im Boden. Es war keine sonderlich große Menge, die der Stoff aufsog, aber als sie das Kleidungsstück über der Reling auswrang, erkannte er den Sinn. So lange sie keinen Eimer oder Becher hatten, war das eine funktionierende Möglichkeit, das Wasser aus dem Boot zu bekommen. Auch wenn es dauern würde. Albrecht hatte ein paar Bretter und Äste aus dem Wasser gefischt. Einen größeren Stock hatte er genutzt, um aus der Plane eine Art Zelt zu machen. So konnten sie aufrecht sitzen, was eine deutliche Verbesserung darstellte. Doch langsam setzte bei beiden ein nagender Hunger ein. Die Idee zu fischen oder von den vorbeitreibenden Dingen zu essen, hatten sie verworfen. Inzwischen waren mehrere Kadaver von Tieren und Menschen vorbei getrieben. Wahrscheinlich war das Wasser voll von widerlichem Unrat, der nur ungesund sein konnte.

„Ich hab zwei Bretter herausgefischt, die können wir als Ruder nehmen."

„Riemen", erwiderte Agnes. „Die heißen Riemen. Ich hab mehr als einen Seemann kennengelernt."

Er grinste. „Wir werden nass, aber das hilft wohl nichts."

„Na, ich bin noch nicht einmal trocken geworden. Dann mal los, mein Ritter."

Sie setzten sich auf die Plane und banden das Boot vom Baum los. Albrecht schlug vor, quer zum Strom nach rechts zu rudern. Solange der Himmel dunkel und bedeckt war, konnten sie nicht erkennen, wo die Sonne stand. Daher war die Strömung der einzige Hinweis in der endlos scheinenden Wasserwüste.

Nach einigen Stunden legte Agnes das Brett erschöpft zur Seite. An ihren aufgeweichten Händen hatten sich Blasen gebildet und sie hatte kaum noch Kraft. Der Hunger machte sich quälend bemerkbar. Albrecht legte ebenfalls eine Pause ein und beugte sich stöhnend nach vorne.

„Man weiß nicht einmal, welche Tageszeit es ist", meinte er. Agnes deutete mit dem Finger auf eine Reihe von Zweigen, die aus dem Wasser ragten. Sie griffen beide nach den Brettern und gelangten kurz danach an eine Reihe von belaubten Ästen. Albrecht betrachtete die Blätter. „Das sind Ebereschen. Und hier, das ist Weißdorn. Allzu tief kann es nicht mehr sein."

Sie sah ihn skeptisch an. „Drei Ellen oder zehn, was macht das für einen Unterschied?"

Sein Blick ging an den Pflanzen entlang. „Wo die in Reihe wachsen, sind normalerweise Felder. Also sind wir schon richtig.“

Seine Worte gaben ihr Mut und erneut griffen sie trotz der schmerzenden Hände zu den Brettern. Nach einer Weile stießen sie wieder auf Büsche, diesmal weit höher stehend. Albrecht grinste sie an und stieg über die Seite des Kahns. Nachdem sich das Geschaukel beruhigt hatte, sah sie, dass er nur hüfttief neben dem Boot stand. Erleichtert atmete sie auf. Denn das bedeutete, sie waren an Land. Wenn man vom Hochwasser absah. Albrecht ging an den Bug des Boots und begann, es an dem dort befestigten Seil zu ziehen. Das Waten durch die Fluten war mit Sicherheit ebenfalls anstrengend, doch die Aussicht auf trockenes Land schien ihm neue Kraft zu geben. Mit der Zeit wurde das Wasser flacher und es war leichter, voranzukommen. An manchen Stellen sank Albrecht wieder tiefer ein, doch meist stand das Wasser nur bis zu den Knien. Als der Holzrumpf leicht aufsetzte, stieg Agnes aus und watete neben ihm. Noch wollten sie das Boot nicht aufgeben, denn es war immerhin eine Möglichkeit, unter der Plane dem Regen zu entkommen. Wieder deutete er in die Ferne. Sie wischte sich den Regen aus den Augen und folgte seinem Deut. Ein kleines Stück weiter glaubte sie, eine

Hütte zu erkennen. Nachdem sie eine Weile darauf zugegangen waren, banden sie das Seil mit dem Boot an einem Busch fest. Jetzt stiegen sie weiter hoch und hatten bald festen Boden erreicht. Auch wenn Schlamm zwischen ihren Füßen hervorquoll, fühlte es sich beruhigend an, einen halbwegs sicheren Stand zu haben.

Die Hütte erwies sich als kleiner Stall, der von ein paar niedrigen Bäumen umwachsen war. Mit einem Juchzer lief Agnes darauf zu. Doch zu Albrechts Erstaunen ging sie nicht hinein, sondern an die Seite, wo sie die Hände in einen Baum streckte. Dann kam sie zu ihm zurück und hielt ihm ein paar kleine Kugeln entgegen. „Gelbe Pflaumen, sieh nur!"

Er nahm eine der Früchte aus ihrer Hand und biss hinein. Süßer Saft füllte seinen Mund und er stöhnte leise vor Erleichterung. Des Hungers mussten sie schon einmal nicht sterben. Agnes war wieder zu dem Baum gelaufen und erntete so viele Früchte, wie sie nur erreichen konnte. Albrecht ging in das kleine Gebäude. Es hatte Wände und unter dem niedrigen Dach lagen Reste von Heu, die vermutlich vom letzten Winter stammten.

„Was sagen wir, wenn uns hier Leute fragen, wer wir sind?", sagte Agnes leise. Sie waren nicht gänzlich satt, aber die Früchte hatten ihnen neue Lebenskraft gegeben und mit der einsetzenden Dunkelheit merkten sie die starke Erschöpfung. Albrecht war kurz zuvor zu dem Boot zurückgegangen und hatte die Plane geholt. Jetzt lagen sie mit dem Kopf auf dem weichen Heu und hatten die steife Stoffbahn um sich gewickelt. Das war deutlich bequemer als so manches Nachtlager, das er in der letzten Zeit gehabt hatte, und es war um Längen besser als der unbequeme Boden des Bootes.

Er seufzte tief und drehte sich zu ihr. Dann stützte er seinen Kopf auf einen Arm und betrachtete sie. „Du kannst sein, wer du willst, Agnes."

Sie sah zur Decke, auf die nach wie vor der Regen prasselte. Wer wollte sie sein? Würde sie nicht ihre Vergangenheit überall einholen? So weit wie heute war sie noch nie von Meyborg entfernt gewesen, doch es konnte passieren, dass sie jemandem begegnete, der einmal die Rote Blume besucht hatte. Nach einer Weile Nachdenkens meinte sie: „Ich glaube, ich werde mich von heute an Magdalena nennen."

Albrecht setzte sich auf. „Was hältst du davon, wenn wir gemeinsam weiter in den Norden reisen? Für einige Zeit, bis sich die Dinge beruhigt haben. Dann können wir weiter, wohin wir wollen."

Gemeinsam reisen? Der Gedanke gefiel ihr. Die Vorstellung, alleine unterwegs zu sein, war ihr unheimlich. Eine Frau, die ohne Schutz umher wanderte, war auffällig und mit Sicherheit Freiwild für jeden Strauchdieb. Und Albrecht war ein sympathischer Kerl. Um ehrlich zu sein, war er sogar auffallend attraktiv. Noch vor ein paar Tagen hatte sie versucht, seine Gunst auf sich zu lenken. Zu erfahren, dass er eine vermeintliche Vorliebe für Männer pflegte, hatte sie gekränkt. Jetzt schalt sie sich leise eine Närrin, so kindisch reagiert zu haben. Und es war so viel passiert, die Tage vor ihrer Flucht waren in weite Ferne gerückt. Wie es wohl den anderen Frauen in der Roten Blume ergangen war? War das Wasser in der Stadt so hoch gestiegen?

Nach einer Weile senkte sie den Blick. „Es tut mir leid, dass ich dich verraten habe."

„Wie meinst du das?"

„Ich hab dem Sohn von Hanson erzählt, dass du dich nicht zu Frauen hingezogen fühlst. Er hat so eifersüchtig nachgefragt und ich hab nicht weiter darüber nachgedacht."

Albrecht schwieg eine Weile. „Verstehe", sagte er dann leise. „Aber zu dem Zeitpunkt hast du das ja geglaubt. Wär mir vielleicht auch rausgerutscht." Er legte sich zurück in das Heu. „Ich habe mich in der Gesellschaft von solchen Männern immer wohl gefühlt. Sie sind meistens feinfühliger und toleranter. Wahrscheinlich, weil sie den Wert von Mitgefühl früh lernen müssen. Aber ich könnte mir absolut nicht vorstellen, einem Mann beizuwohnen."

„Das ist gar nicht so schwer", erwiderte sie und bemerkte, wie erleichtert sie war.

„Vielleicht", erwiderte er leicht lachend. „Doch ich würde mir eher wünschen, ein Leben an der Seite einer Frau zu führen."

Agnes bemerkte, dass ihr eine leichte Röte ins Gesicht stieg. „Hast du denn eine im Sinn? Ein Ritterfräulein, das irgendwo auf dich wartet?"

„Ich hab eine im Sinn", meinte er leise. „Hab sie auf meinen Reisen kennengelernt. Sie ist furchtbar hübsch, klug und führt ein aufregendes Leben."

Agnes wurde es kalt.

„Aber bis jetzt habe ich mich nicht getraut, sie zu fragen, ob sie mit mir zusammen das Leben verbringen möchte", fuhr er fort. „Denn sie ist sehr selbständig und hat sicher eine Menge Pläne. Keine Ahnung, ob ein wandernder Spielmann der Richtige für sie wäre."

„Und wo wohnt die Gute?", fragte sie kühl.

„Ach, momentan wohnt sie in einem kleinen Schuppen, ernährt sich von wilden Pflaumen und Regenwasser. Doch wenn ich mich traue, sie endlich anzusprechen, dann hoffe ich sehr, dass sie mit mir wandert. Ich glaube, gemeinsam könnten wir ein sehr schönes Leben führen."

Wieder schoss Agnes die Röte ins Gesicht und sie war froh um die Dunkelheit. „Und wie heißt sie?"

„Ich glaube, momentan nennt sie sich Magdalena." Er richtete sich auf. „Doch ich kenne ihre Vergangenheit als Agnes und ich könnte mir nicht vorstellen, ohne sie weiterzuziehen."

Sie suchte seinen Blick. Ihr Mund stand leicht offen, so erstaunt war sie. „Meinst du das ernst?"

„So ernst wie nichts sonst."

Eine ganze Weile sah sie ihn nur an. Dann nahm sie mit beiden Händen sein schönes Gesicht und küsste ihn lange auf den Mund. Nach einer Weile löste er sich von ihr.

„Und was sagst du?", keuchte er etwas atemlos.

Sie lachte laut auf. „Ja, du Idiot." Und küsste ihn erneut. Gemeinsam sanken sie in ihr Lager aus Heu.

Am nächsten Morgen war der Regen gewichen. Die Sonne schien strahlend hell über weite Flächen. Dampf stieg von Gras und Büschen auf. Albrecht zog Agnes lächelnd von ihrem Lager hoch. Vereinzelte Wolken bedeckten den Himmel, aber die Wärme des Sommers war wieder zu spüren. Sie traten Hand in Hand aus der kleinen Scheune und sahen sich um. Vor ihnen lag eine weite Wasserfläche, über die sie gekommen waren, doch hinter ihnen, in Richtung Osten, waren Felder, soweit das Auge reichte. Vereinzelte Gruppen von Schafen grasten und am Horizont waren ein paar kleine Häuser zu sehen, aus deren Schornsteinen Rauch aufstieg. Nach den Tagen voller Angst und Chaos war das ein fast irritierend friedlicher Anblick.

„Dann lass uns mal sehen, ob wir uns eine Mahlzeit verdienen können, wunderschönes Weib“, sagte er und legte einen Arm um ihre Schultern. Sie schmiegte sich lächelnd an ihn und gemeinsam gingen sie einem neuen Leben entgegen.

Impressum

Armin Kirstein - Die Stadthexe und die Flut - Historischer Roman - 1. Auflage 2024

Kontakt: Armin Kirstein, Im Dorfe 14, 23701 Süsel

Covergestaltung: Armin Kirstein

Coverbild: Miniatur aus „Manessische Liederhandschrift“

Lektorat: Victoria Cromwell

Haftungsausschluss

Der Autor übernimmt keinerlei Gewähr für die Aktualität, Korrektheit, Vollständigkeit oder Qualität der bereitgestellten Informationen und weiteren Informationen.

Haftungsansprüche gegen den Autor, welche sich auf Schäden materieller oder ideeller Art beziehen, die durch die Nutzung oder Nichtnutzung der dargebotenen Informationen bzw. durch die Nutzung fehlerhafter und unvollständiger Informationen verursacht wurden, sind grundsätzlich ausgeschlossen.

Printed in Poland
by Amazon Fulfillment
Poland Sp. z o.o., Wrocław

50487092R00149